BLEU À L'ÂME

CHRISTOPHE DOMINICI
en collaboration avec Dominique Bonnot

BLEU À L'ÂME

COLLECTION
DOCUMENTS

le
cherche
midi

23, rue du Cherche-Midi, 75006 Paris.

Vous pouvez consulter notre catalogue général et l'annonce
de nos prochaines parutions sur notre site Internet :
cherche-midi.com

À ma sœur

C'EST BIEN D'ÊTRE NOSTALGIQUE

C'est peut-être la fin.

Si je dispute la Coupe du monde en septembre, ce sera la troisième et la dernière aussi.

Je n'ai jamais été nostalgique, j'ai toujours su qu'il fallait avancer, ne pas regarder derrière soi, mais à 35 ans, j'ai eu soudain envie d'arrêter l'engrenage. D'aller chercher loin au fond de moi, pour expliquer ce qu'a été ma vie jusque-là. Avant de passer à autre chose.

Peut-être que je n'étais pas fait pour devenir ce que je suis.

Je me souviens très bien que, adolescent, ma mère me racontait souvent qu'elle avait un jour rencontré un médium. Celui-ci lui avait annoncé un grand malheur. Mais il avait ajouté : « Votre fils a un don. » Après le décès brutal de ma sœur, ma mère s'est persuadée que ce « don », c'était le rugby. Elle répétait : « Tu seras en équipe de France, moi, je te le dis ! » Et je lui répondais : « Mais, m'man, tu m'as fait nain ! Comment veux-tu que je sois en équipe de France avec mon 1,72 mètre et mes 68 kilos, quand il y a des types qui ont des bras comme des cuisses et des cuisses comme des arbres ? »

Elle ne répondait pas. Elle était sûre d'elle.

La première partie de la prédiction s'était malheureusement réalisée, laissant un immense vide parmi nous, ma mère ne pouvait pas imaginer que la deuxième partie ne deviendrait pas réalité pour le combler. Et mon père est devenu mon premier allié.

À mes débuts, je ne jouais pas tout seul au rugby. Je jouais à trois. Avec mon père. Et ma mère. Mon jeu n'était pas aussi performant qu'il l'est devenu parce que je ne savais pas pour qui je jouais. Est-ce que je jouais pour les spectateurs ? Pour mes parents ? Pour moi ? À aucun moment je ne m'étais posé la question, pourtant capitale : « Est-ce que je joue vraiment pour moi ? » C'est quand il a fallu que j'y réfléchisse que j'ai pu donner un sens profond à ce que je faisais. Je ne savais ni pour qui je jouais, ni pour quoi. La rage que j'éprouvais et celle de mes parents décuplaient ma motivation. De ce drame une force énorme était sortie comme si mon mal-être avait accru ma volonté. Comme si le malheur m'avait permis d'atteindre des limites que je ne soupçonnais pas.

Quand on écrit un livre, on cherche ainsi à exorciser certaines douleurs, à se souvenir des gens qui ont compté, des émotions les plus fortes partagées avec des proches ou des inconnus. On cherche à faire le tri entre ce qui semble digne d'être raconté, ce qui a vraiment compté. Et cela n'a pas toujours été facile. Parce qu'il faut décrire les gens qui m'ont accompagné, qui m'ont aidé à grandir, décrire aussi des situations vraiment intimes. Sinon, pourquoi écrire ? Écrire, c'est laisser une trace de ce qui a été. Il fallait prendre le temps, disposer du recul nécessaire pour trouver les mots justes. Je voulais donner à lire quelque chose de fort. Qui ne s'arrête pas à la simple évocation de mes meilleurs matches. Dans ce livre, j'ai pu exprimer exactement ce que je voulais dire. C'est tout bête, et compliqué à la fois : je m'efforce d'être quelqu'un de bien. En voulant tout raconter, je vais probablement rendre des gens malheureux, rouvrir des plaies. Même si j'en suis désolé, je sais que c'est le prix à payer. J'avais envie de montrer ce que j'ai vraiment au fond des tripes, de montrer que quoi qu'on puisse vous dire, tout est possible et qu'on peut réaliser ses objectifs, à condition d'être bien entouré.

Je sais déjà ce qui va me manquer : avant tout, l'odeur des vestiaires et le jeu.

Un vestiaire de rugby, ça sent la peur, le doute et la force. On y apprend que tout seul, on n'est rien, mais qu'avec les autres, on peut réaliser de grandes choses. On y apprend surtout que le rugby est à l'image de sa vie. On peut monter très haut mais aussi descendre très bas, comme on gagne, comme on perd. Nul ne peut maîtriser ni la victoire ni la défaite, c'est le principe même du jeu, son immense source de plaisir et également de souffrance. Le sport de haut niveau fait mal et je le savais. Les échecs font mal bien sûr, les coups font mal. J'avais envie de me faire mal. Mais plus on prend de l'âge et plus c'est difficile d'accepter de souffrir. C'est souvent pour cela que les carrières prennent fin. Les sportifs en terminent avec le haut niveau pour des raisons plus souvent mentales que purement physiques. On pense que c'est le corps qui dit stop, mais qui sait si ce n'est pas l'esprit qui cède en premier ?

S'il n'y avait que le jeu, ce serait magique. Il n'y a pas d'émotion plus grande que de rentrer sur le terrain.

Sortir du vestiaire en groupe, toiser l'adversaire, immobile avant l'affrontement, tenter de le dominer du regard et puis pénétrer dans l'arène. Sentir toute cette énergie circuler dans mon corps, l'adrénaline parcourir mes veines, les supporters si proches, la pression monter. Regarder. Respirer. C'est aussi pour cela que je joue.

À Toulon, pour que les adversaires comprennent bien qu'il n'était pas question qu'ils gagnent chez nous, il arrivait que les lumières des couloirs qui mènent au terrain s'éteignent. La première bagarre éclatait dans la pénombre, dans cet étroit passage qui n'appartenait qu'à nous. C'étaient des temps plus rudes, mais l'émotion est aussi forte aujourd'hui dans les couloirs plus policés du rugby professionnel.

Ma vie s'est jouée sur le fil du rasoir, j'en suis conscient.

Enfant, je n'ai jamais manqué de rien, même si mes parents n'étaient pas millionnaires. Mais après le drame qui a failli détruire notre famille, après les moments terribles de l'adolescence, bref, avant le rugby, je sais bien que, à tout moment, j'aurais pu basculer. Et peut-être même encore aujourd'hui. À un proche qui demandait à Max Guazzini, « mon » président du Stade-Français : « Que ferez-vous quand Christophe arrêtera de jouer ? », il a répondu, comme à son habitude, par une boutade : « J'irai le voir en prison ! » Max sait bien qui je suis :

quelqu'un de très attentionné, avec un petit côté mauvais garçon.

Ce livre est là pour montrer que tout n'a pas été facile, qu'il m'a fallu tomber, revenir, tomber encore. Renaître pour enfin exister.

Quand mon nom est sorti du chapeau à la veille de la Coupe du monde 2003, cela a changé le cours de ma vie. Si je n'y avais pas participé, je n'aurais pas connu le même destin. J'aurais sûrement déjà raccroché les crampons. Je ne rêverais plus de rugby. Je n'aurais sûrement pas osé faire ce livre. Et je l'aurais regretté.

1

Pascale

J'ai donné des coups aux hommes.

J'en ai reçu autant.

J'ai donné du plaisir aux femmes.

Elles me l'ont bien rendu.

Entre la violence et la jouissance, j'ai bravé ma douleur. Cette douleur tenace jusqu'au dégoût qui me hante depuis ce soir de printemps 1986, où ma sœur a pris sa voiture et n'est jamais rentrée à la maison.

Depuis le coup de téléphone, le cri de ma mère au petit matin, cet instant précis où une main invisible m'a arraché les tripes, cette fraction de seconde où j'ai basculé dans un état d'inconscience.

Nier l'existence de ma sœur, plutôt que de partager la souffrance de cette perte irréparable, fut mon premier réflexe.

En un éclair, brillant comme une lame de couteau, je suis devenu un fils unique. Et je me suis replié sur moi-même comme on se protège tant bien que mal d'un passage à tabac au fond d'une ruelle écœurante.

Quand on me demandait si j'avais des frères et sœurs, je répondais « non » avec une fermeté tranchante. Surtout ne pas donner suite. Et j'évitais aussi d'inspirer de la compassion à ceux qui « savaient ». Je ne voulais pas que l'on s'apitoie sur mon sort. Cela m'aurait davantage affaibli que soulagé. Je ne voulais pas pleurer, je ne voulais pas gémir. Il me semble à présent que si la colère ne m'avait pas gagné, si je n'avais pas serré les dents, je serais mort de chagrin.

Le plus dur n'est pas d'entrer en enfer, c'est d'en sortir ! J'étais prisonnier, recroquevillé au fond de mon jardin secret, avec pour tout soulagement, des flashes ou des vapes, où j'arrivais à voir ma sœur marcher d'un bon pas dans la rue, sentir sa main repliée fermement sur la mienne, l'entendre rire ou crier mon prénom du bas de l'escalier et, en respirant très profondément, retrouver l'odeur de ses produits de beauté.

Dès l'instant où je me suis retrouvé seul, tous les événements bénins de la vie ont cessé de me concerner.

Ils se succédaient sans logique, dépourvus du moindre intérêt. Je n'avais plus rien à donner ni à redouter. Mes états d'âme dérivaient à la surface d'un lac profond, calme et gris, entouré d'arbres morts.

Ma sœur, même si elle ne remplaçait pas ma mère, était devenue au fil de mon enfance ma meilleure amie, ma protectrice, mon bouclier face aux tourments de la vie. Elle était ma princesse et ma tour d'ivoire, ma forteresse. Sa compagnie me mettait à l'abri de toutes mes peurs, y compris celle qui me hante encore, la peur de mourir. Elle savait mieux que quiconque apaiser mes angoisses.

Après son décès, je me suis surpris à paraître heureux, mais je ne m'autorisais pas à l'être. Je ne suis même pas tout à fait sûr de m'y autoriser aujourd'hui.

Peut-être que si j'étais heureux, je ne jouerais plus au rugby. Et si j'avais été heureux, je ne serais pas devenu ce que je suis. J'aurais peut-être compris que c'est tout de même assez con, quinze mecs qui se rentrent dedans, pour s'emparer d'un ballon.

Tous les êtres « extra-ordinaires » ont au fond d'eux une blessure béante. Revenus d'on ne sait où, on les sent incroyablement déterminés à refaire le chemin dans l'autre sens, vers le souvenir, l'acceptation, comptant aujourd'hui leurs victoires comme ils comptaient jadis leurs cicatrices. Ils ont dans leur cœur fracassé quelque chose d'irréparable, malgré leur opiniâtreté pour tenter de sortir de l'inéluctable cauchemar.

Au moins le rugby m'a-t-il permis d'avancer dans la vie avec un désir impérieux de la réussir. D'avoir un but précis, et des objectifs élevés sans cesse renouvelés.

Recoller les morceaux, s'entourer d'une épaisse carapace, et renaître à la vie ne serait-ce que pour réchauffer un peu mes parents, leur permettre de retrouver des parcelles de bonheur à travers mes succès.

Puisque le rugby a bien voulu m'ouvrir ses portes, j'en ai profité pour y cultiver mes dons. Ce sport m'a apporté la reconnaissance. Il n'y a pas un être humain sur cette planète qui ne revendique pas un minimum de reconnaissance pour ce qu'il fait. Ce n'est pas possible, nous en recherchons tous. C'est même, avec l'amour, notre moteur. J'ai besoin du regard des autres pour me trouver beau et fort. La plupart des sportifs de haut niveau sont très égoïstes ; centrés sur eux-mêmes, leur *ego* est surdimensionné, ce qui les rend parfois difficiles à vivre, mais ce qu'il faut comprendre, c'est que leur volonté est proportionnelle à leur souffrance, sans limites dans le temps ni dans la débauche de moyens.

Il n'y a pas très longtemps, Porte de Saint-Cloud, j'étais en voiture, distrait, à un feu rouge. Un enfant de

8 ou 9 ans m'a reconnu. Il était stupéfait et excité à la fois, comme si j'étais une superstar. Le regard des enfants m'est infiniment précieux, peut-être parce que je n'ai pas fini de grandir. Je me sens encore un peu de leur côté, comme si je n'étais pas encore entré de plain-pied dans l'âge adulte. Je crois que l'on devient un homme que lorsque l'on en a terminé avec ses problèmes, et je ne suis pas encore arrivé au bout de cette quête. J'aurais pu arrêter la voiture là, couper le moteur, prendre un ballon et aller faire quelques passes avec lui sur la pelouse de Jean-Bouin. Je regrette de ne pas l'avoir fait.

Le blues de mon enfance me rattrape toujours. Comme autrefois, j'ai l'impression d'être nu, sans défense, ni protection. Je plonge à corps perdu dans la mélancolie, je laisse libre court à mes idées autodestructrices comme des délires éthyliques.

Dans ces moments-là, je n'ai plus de repères, plus d'envies, plus aucune force. Tout mon être en pâtit, physiquement et moralement. De ces heures sombres, surgissent des angines blanches, parfois des crises d'angoisse. Je crois que je vais mourir, étouffé ou écrasé sous un poids invisible. Je ne peux pas tenir debout. Je reste au lit plusieurs jours, recroquevillé comme un fœtus, je ne vois personne, je ne décroche plus le téléphone. Le jour et la nuit finissent par se ressembler. Les heures se figent et je me repasse le vieux film et la bande-son de ma vie.

J'avais 14 ans et ma sœur, 24 quand elle est morte dans un accident de voiture. C'est elle qui conduisait, elle était seule. Je l'aimais plus que tout au monde. Peut-être même plus que je n'aimais mes parents à ce moment-là. Ils travaillaient beaucoup, quittaient la maison très tôt, rentraient tard. Je les voyais peu.

C'est Pascale qui avait choisi mon prénom, Christophe. Mes parents l'avaient laissée faire. Personne n'a jamais pensé à lui demander la raison de ce choix – « Christ – eau – feu ».

Elle m'adorait, me cajolait, m'accompagnait à l'école, et venait m'y rechercher. Parfois, au lieu de me conduire à mes cours particuliers, elle m'emmenait chez ses copines. C'est elle qui m'a élevé à sa manière, joyeusement, en me passant beaucoup de choses, cherchant toujours à me faire plaisir. Mes grands-parents maternels, qui vivaient avec nous, étaient trop âgés pour exercer sur moi la moindre autorité.

Mes parents faisaient confiance à Pascale pour mon éducation. Accaparés par leur travail, ils n'avaient pas les moyens de faire autrement.

Deux mois avant sa mort, Pascale m'a emmené dans une boîte de nuit pour son vingt-quatrième anniversaire. Il existe une photo de cette soirée-là. La dernière. Nous sommes tous les deux assis sur une banquette de velours, si heureux de partager ce moment, avec ses amis et son fiancé.

Elle me confiait ses secrets, à voix basse dans son lit où je me réfugiais quand je flippais trop dans ma chambre. Jusqu'à l'âge de 5 ans, j'ai dormi avec mes parents et jusqu'à 11 ans, j'ai dormi avec elle. Quand on est enfant, on a peur de tout, peur du noir, peur de la présence indicible d'ennemis cachés dans les armoires, peur du loup. On habitait un vieux mas à Solliès-Pont que mes parents avaient retapé. Il y avait toujours des craquements étranges qui, dans mon demi-sommeil, réveillaient mes angoisses. Encore maintenant, j'ai du mal à me coucher. Je n'aime pas être seul, la nuit. Le sommeil me fait peur.

Ma sœur était toujours souriante, gaie comme un soleil, toujours tournée vers moi. Elle aimait la musique, les chansons françaises et le disco. Elle dansait et m'apprenait à danser. Sans elle, je n'ai jamais pu danser. En soirée, je reste toujours immobile, près du bar. Je n'aime pas me donner en spectacle. Ou alors il faut que je sois bourré, et ce n'est pas bon signe.

Pascale vendait des fleurs. Dans la galerie marchande où elle travaillait, à La Valette, chaque matin, elle saluait tous les commerçants des alentours. Tout le monde l'appréciait pour sa gentillesse et sa joie de vivre. Elle était toujours tirée à quatre épingles. Son seul regret était de ne pas avoir de beaux ongles à cause de son métier. Le magasin avait été acheté pour elle par mes parents. Eux s'occupaient de magasins de fruits et légumes et de fromages.

Les commerçants ne voient pas leurs enfants grandir. Quand ma mère rentrait exténuée de son travail, vers 22 h 30, elle ne se rendait pas compte à quel point j'étais impatient qu'elle me prenne dans ses bras, avec quelle force j'avais envie de la serrer. Chaque soir, j'étais assis sur les premières marches de l'escalier et je guettais le crissement des pneus de la voiture familiale dans l'allée. M'man poussait la porte et en m'apercevant, elle avait presque toujours l'air surprise et faussement en colère : « Va vite te coucher, il est tard, tu vas être fatigué pour l'école demain ! » me disait-elle avec douceur.

Le soir du drame, Pascale avait préparé des pâtes pour tout le monde et après le dîner, elle nous quitta, nous embrassant chacun à notre tour : « Je vais voir une copine au Mourillon... »

On n'a jamais su ce qui s'était passé. A-t-elle voulu prendre une cigarette dans son sac, ou bien mettre une cassette dans l'autoradio ? Elle a dû se pencher, donner un grand coup de volant. Sa voiture a fait un tonneau. C'était une Talbot, au toit ouvrant. Ma mère dit qu'on n'en a plus revu par la suite. Que, peut-être, elles n'étaient pas stables.

Cette nuit-là, quand les gendarmes ont appelé pour annoncer la terrible nouvelle, il y a eu un remue-ménage incroyable au rez-de-chaussée. J'ai entendu les lamentations de ma grand-mère, puis ma mère est montée dans ma chambre. Elle a dit : « Pascale est morte. » Et toute ma vie s'est écroulée, comme ces barres d'immeubles qui tombent en poussière d'une simple pression sur le détonateur, pour qu'il ne reste rien de ce qui a été.

Un instant plus tôt dans la nuit, au moment même où j'allais m'endormir, le grand miroir de la salle à manger était tombé. Dans le jardin, les chiens s'étaient mis à hurler à la mort. C'étaient des signes qui ne m'auraient pas trompé si j'avais su, à l'époque, comprendre leur signification. Je crois aux signes. Je ne crois pas que les rencontres ou les situations sont fortuites. Mon instinct me dit que tout a un sens mystérieux à découvrir si on est attentif aux détails. C'est pour cela que je vois tout ce que je regarde. Je suis vigilant. Et quand je laisse mon regard planer en toute liberté sur l'univers qui m'entoure, il y a toujours un moment où il capte quelque chose de subtil qui provoque une réaction en moi. Je ressens énormément d'émotions par le regard, ou l'échange de regards.

Chaque événement de ma vie a sa raison d'être, même si ma motivation est de rester, quoi qu'il arrive, les deux pieds sur terre, les mains levées vers le ciel, et toujours la tête sur les épaules, comme ce symbole qui m'intrigue tant dans les hiéroglyphes égyptiens.

Je suis né le 20 mai 1972, à Toulon. Je suis Taureau. Un vrai Taureau. Éperdu d'affection, assoiffé d'amour. J'ai horreur de faire de la peine. Je veux être le plus généreux possible. Il m'est plus facile de dire « oui » que « non », de donner ma chemise à un gars qui la trouve belle que de demander un service, même à un ami. J'ai une vie assez atypique pour un sportif de haut niveau, parce que la seule voix que j'écoute est celle de mon corps. Mais le doute est encore en moi, tapi. Je ne sais toujours pas si je vis vraiment ma vie, ou si je la mets seulement en scène. Parfois, mes vrais sentiments se dérobent. Je suis comme anesthésié. Je me sens fatigué parce qu'il n'y a pas d'espoir pour soi dans le fait de vivre en fonction des attentes des autres. Le monde me semble alors un endroit pénible, hostile. Je fais de mon mieux pour rire des choses, mais elles continuent à m'écorcher. Je me cache derrière un sourire pour détourner les ondes négatives, mais à l'intérieur, je suis tourmenté. Je dois accomplir tant d'efforts pour rester à la hauteur de tout ce que je dois à ceux dont je croise la route. Je me débats, mais au fond de moi, j'ai le sentiment que, sans but, le combat est perdu d'avance. Je ne fais pas tout cela pour que l'on me dise « merci », mais pour donner un sens à ma vie.

Je prends volontiers toutes sortes de responsabilités car si je ne le faisais pas, je perdrais le respect de moi-même et la reconnaissance des autres. J'aimerais mieux me martyriser plutôt que de laisser tomber quelqu'un. Même si mes efforts sont parfois néfastes pour moi. Car ils m'apportent la seule assurance que la vie puisse m'offrir : je ne vis pas pour rien à la place de ma sœur.

2

« SI LE RUGBY N'EXISTAIT PAS... »

Quand on est encore enfant, on a du mal à se représenter la réalité, le côté inéluctable d'un drame. On a assez d'imagination et de naïveté pour penser que l'on peut, si on veut, tout effacer, revenir en arrière, reprendre le fil de l'histoire là où tout allait bien, juste avant le cataclysme... Faire « comme si... » « On aurait dit qu'il ne serait rien arrivé... » Le matin qui a suivi l'accident, une idée saugrenue m'a même traversé l'esprit : « Chouette ! Je ne vais pas aller à l'école ! »

Quand la destinée d'une famille bascule aussi brutalement, on a du mal à suivre ce qui se passe autour. On apprend la nouvelle, quelques heures plus tard, le corps est ramené à la maison. Il faut l'embaumer.

Téléphoner ici et là. Remplir des papiers, préparer des couronnes. Puis il y a des visites incessantes, les mots inutiles, les yeux rougis, la messe, les funérailles, les condoléances, le trou creusé dans la terre, l'enterrement, les pleurs, les gestes affectueux, les fleurs. Et je n'ai gardé que des flashes de ces moments-là. Mon oncle qui me prend dans ses bras, et moi qui ne cesse de pleurer en répétant : « Mais comment on va faire ? »

La veille, j'étais entré dans la chambre de Pascale une dernière fois, et ça, je crois que je n'aurais pas dû le faire. Je n'aurais jamais dû voir son corps inerte. Les gens allaient et venaient, comme dans un ballet funèbre. Les paroles étaient chuchotées, et moi je restais assis là, à côté d'elle, muet.

Seul, je la regardai longuement. J'avais l'impression qu'elle bougeait. Qu'elle me souriait. J'aurais juré qu'elle allait me dire un mot rassurant, me laisser un dernier message, une explication. Mais rien de magique ne se produisit. Il a fallu que je la sache au ciel pour recommencer à dialoguer avec elle.

À l'époque, je ne jouais pas encore au rugby. J'avais 13 ans, je jouais au football, à Solliès-Pont. Cela marchait plutôt bien. J'avais franchi toutes les sélections de jeunes, jusqu'à la coupe Gambardella, coupe de France junior, où l'on détecte souvent les futurs champions.

Nous avions échoué en quarts de finale, contre l'AS Monaco qui comptait Lilian Thuram dans ses rangs. Et dire que je n'ai même pas remarqué son incroyable talent !

Je m'étais fait expulser au bout de trente-cinq minutes, pour insultes à l'arbitre. Petit à petit, le ballon rond a commencé à m'ennuyer. Un jour, alors que nous jouions à Toulon, contre La Beaucaire, à Toulon, une bagarre a éclaté. Nous nous sommes retrouvés à deux seulement contre les onze d'en face. Tous nos coéquipiers s'étaient défilés. J'étais dégoûté. C'est ce jour-là que j'ai décidé de laisser tomber le foot.

Mon père avait été gardien de but à Colmar puis à Hyères, club avec lequel il avait disputé le championnat de France amateurs. Cela avait été naturel pour lui de m'inscrire au foot. Je jouais n° 9 ou 10. Durant mes années foot, je me rendais aux entraînements avec les parents de copains ; mon père venait me voir jouer de temps en temps. Il était passionné. Et moi, plutôt doué, déjà rapide dans mes déplacements et pas maladroit. On m'avait même proposé d'entrer au centre de formation du Sporting-Club de Toulon, mais je ne voulais pas vivre enfermé six jours sur sept, loin de ma famille.

J'ai abandonné le foot parce que je n'y trouvais pas les valeurs que je recherchais. Il s'agit bien d'un sport collectif, mais trop individualiste à mon goût. Chacun joue d'abord pour lui-même. Tout le contraire du rugby, tel que je le conçois.

Quand j'ai dit : « J'arrête le football ! Je vais jouer au rugby », mon père n'a pas été content. On lui avait dit que j'avais des qualités pour le football, il en était fier et n'aurait pas songé lui-même à me faire changer de sport. Il faisait partie des dirigeants du club de rugby de Toulon où il avait la charge des cadets qui ont été champions de France Gauderman. Le dialogue avec mon père n'était pas évident. Il est d'origine corse et il est assez orgueilleux.

Au fil du temps, mon père a vu que je me débrouillais pas mal sur un terrain de rugby et du coup, il m'a soutenu jusqu'au plus haut niveau. Et il est toujours là, aussi fervent, même si parfois, quand il se risque à faire un commentaire sur mon jeu ou celui de tel autre joueur, je l'arrête tout de suite : « Papa, je t'en prie, ne me parle pas de rugby, tu ne sais pas ce qui se passe vraiment... »

J'ai préféré le rugby au football pour me rapprocher davantage du ravin, parce que, au rugby, les risques sont plus grands, les contacts physiques plus rugueux. Tout le corps est exposé, offert à la fatalité, ou à la bêtise humaine.

Le rugby est un sport d'hommes. Il faut être courageux pour y jouer. Comme en boxe, c'est un sport où l'on sait ce que signifie le mot « sacrifice ». C'est un déshonneur de dire qu'on a mal, et même d'avoir mal. On entre sur le terrain comme des hommes d'honneur et l'on ne déroge pas aux codes. Pas de faiblesse. Pas de coups bas (en principe). Seules comptent la dignité et la force intimidante que chaque joueur dégage.

Dans l'affrontement, il y a – à quelques exceptions près – un respect des valeurs. Des coups sont portés, mais rares sont les gestes « mauvais ». Il y a des règles qui ne se transgressent pas. Quand nous rentrons sur un terrain, nous savons tous par avance que nous n'en sortirons pas indemnes. Il y aura des bleus, des bosses, de la sueur et du sang. Lorsque l'on est encore inexpérimenté, on ne sait jamais d'où vient le danger, d'où partent les coups. Leur violence coupe le souffle, on morfle véritablement, mais petit à petit, on apprend à les recevoir, et l'on grandit avec l'habitude de passer outre la douleur. Et grâce à ce courage, plus on vieillit et plus on est respecté de l'adversaire. Le jugement que vous inspirez évolue au fur et à mesure que vous prenez de l'âge et du galon. S'il y a un mauvais coup, nous saurons nous révolter, mais s'il est donné dans le respect des règles, il sera accepté comme faisant partie du jeu.

Un jeune joueur a rarement ce recul. Quand on débute, l'adversaire, on a envie de le massacrer, de le désosser vivant. En tout cas, c'est dans cet esprit-là que j'ai commencé.

Quand Pascale est décédée, j'ai commencé à éprouver une colère et une haine rentrées. Je me suis mis à sortir beaucoup, à traîner dans les bars, les boîtes de nuit et à chercher la bagarre dans la rue. J'ai pris ma première cuite à l'âge de 15 ans. On m'a retrouvé à moitié mort sur les marches de l'église de Solliès-Pont, juste en face de l'Univers, un bar que j'ai acheté des années plus tard, et dont je suis encore propriétaire, avec pour associé Joël Accossano.

J'étais un mauvais garçon. J'ai commis quelques méfaits au-delà de la limite de l'acceptable. J'avais fort mauvaise réputation dans le village et cela me fait sourire aujourd'hui de voir ceux qui me montraient du doigt et me traitaient de voyou me taper amicalement dans le dos, et me demander des autographes ou des billets pour les matches.

À 17 ans, je ne pensais qu'à me battre sur et hors des terrains de rugby. J'avais tant de colère à évacuer que je cherchais toutes les occasions d'échanger des coups, de faire mal et d'en prendre plein la gueule.

Je ne supportais plus la culpabilité que nous ressentions tous sans l'avouer, puisque chez nous, la mort de Pascale était devenue un sujet tabou.

Ma mère avait fermé la porte de sa chambre et loin de nous rapprocher, notre douleur nous isolait les uns des autres. Si l'on n'avait pas pris le parti de sauver ce qu'il restait à sauver, coûte que coûte, notre famille jadis si accueillante et joyeuse aurait pu sombrer.

À chacune de mes incartades, ma mère s'arrachait les cheveux. Elle se sentait à la fois responsable et impuissante devant la façon dont j'exprimais mon désarroi. J'étais agressif et provocant, je volais des mobylettes, des autoradios. Je me foutais complètement de la morale comme de ce qui pouvait bien m'arriver.

« Tout ce malheur, c'est à cause de moi ! » criais-je. Je savais que j'aurais été différent si ma sœur avait été encore près de moi, et quand je voyais toutes les conneries que je faisais, je disais à mes parents sur un ton de défi : « Vous auriez préféré que ce soit moi qui disparaisse, n'est-ce pas ? » Cette idée s'était sournoisement infiltrée dans mon cerveau meurtri, car moi-même j'aurais préféré mourir cent fois que de supporter son absence une seule journée.

Je voulais me rendre aussi détestable qu'elle avait été charmante.

Un jour, j'ai franchi une enceinte militaire pour tenter de récupérer une moto et la donner à un ami qui n'en avait pas. Les gendarmes avaient trouvé cette moto volée dans la rue, et avec mon copain, on s'est dit qu'elle était pour nous. C'était la nuit, nous avons découpé le grillage pour pénétrer dans les lieux. On a été reconnus mais je m'en suis finalement bien tiré.

Je ne cacherai pas que j'ai été plusieurs fois en garde à vue, mais je n'ai jamais été en détention. Je ne volais pas pour l'argent, mais uniquement pour me mettre en danger. Ce que je recherchais, c'était cette montée d'adrénaline que l'on ressent quand on se met hors la loi, que l'on prend des risques comme un funambule sur sa corde raide. En danger, certes, le pas hésitant, défiant l'équilibre, au-dessus de tous et délivré de la peur.

Dans ces moments-là, je sentais brièvement le souffle de la vie. J'aimais jouer avec le feu, sentir sur ma gorge sèche la pointe acérée du couteau. J'espérais, tout en le redoutant, qu'il m'arrive une vraie tuile. Jusqu'à la fin de mes jours, rien ne pourra m'atteindre plus cruellement que l'absence de Pascale. Pascale et ses bras autour de moi, Pascale et ses tendres baisers sur mon front.

Mes frasques me permettaient de repousser les limites de mon chagrin, tout comme le rugby a continué à remplir ce rôle, et même encore aujourd'hui, vingt ans après.

Quand on fait le con à traîner dans les bars, ou que l'on défend son terrain face à l'adversaire, on ne pense pas à ce que l'on est, ni à ce que l'on fait. J'avais appris à dompter la peur. Le stress sans la douleur, que le bon côté, en somme : « Est-ce que je vais me faire attraper cette fois ? » On vibre, mais non ! Pas cette fois. Demain, peut-être ! On ne perd rien pour attendre ! On se demande ce que l'on risque. Souvent, je me cachais, cela faisait partie du folklore. Le jeu des gendarmes et des voleurs, grandeur nature. Je me calmais un temps. Je me faisais oublier, l'instinct de survie, sans doute, et puis je ressurgissais là où l'on ne m'attendait pas.

Rien de bien sérieux. On était des mauvais garçons, des petits voyous à la rigueur et, quand plus tard, on m'a associé au milieu toulonnais, j'ai ressenti une grande injustice. C'est vrai, j'étais ami avec Jean-Robert Fargette et j'ai encore un lien avec sa famille puisqu'une de mes cousines a eu une petite fille avec l'un de ses frères. Jean-Robert était un ami, plus âgé que moi. J'ai commencé à jouer au rugby avec lui à La Valette en deuxième division. Il a occupé tous les postes, devant. Pas en deuxième ligne parce qu'il était très petit, mais il a joue talonneur, troisième ligne aile, demi de mêlée. Il avait une vie évidemment très particulière dans la mesure où son frère Jean-Louis était un caïd interdit de territoire qui a fini assassiné par balles à Nice. À partir de ce moment-là, son petit frère a souhaité changer de vie. Mais Jean-Robert avait gardé beaucoup d'amis dans le milieu du rugby. C'était sa passion. Petit Ber restait rarement longtemps au même endroit. Le 19 octobre 2000, il s'est fait lui aussi assassiner, à La Valette, à la sortie d'un bar. Deux tueurs à moto qui tirèrent une quinzaine de balles de 9 millimètres. C'était quelqu'un de très proche, en effet. Je le connaissais très bien. « Ami ? » Oui et non. Ce n'était pas un confident. On a dit beaucoup de choses sur lui, sur moi. Que le milieu avait voulu m'interdire de jouer au rugby au plus haut niveau, que j'avais des parts dans des casinos, des machines à sous. Les gens jugent beaucoup sur les apparences. Moi non. Jean-Robert et son frère se sont toujours très bien comportés avec moi. À mes yeux, ils restaient des hommes que je n'ai jamais jugés. Quand j'avais 17 ans, mon père répétait : « Ne monte pas avec eux en voiture ! » Il avait peur qu'il se passe quelque chose, mais c'était encore de l'interdit pour moi et donc cela me plaisait.

Je me faisais rarement prendre par la police, mais ma mère répétait : « De toute façon, je te porte la guigne, tu finiras par te faire attraper ! » Elle ajoutait : « J'ai déjà pleuré un enfant, je préfère en pleurer un deuxième plutôt que de te voir derrière des barreaux ! » Pauvre maman !

Quand une mère perd son enfant, personne ne peut imaginer ce qu'elle éprouve au quotidien. La douleur qui ne lui laissait jamais de répit lui rongeait le cœur comme la rouille ronge le fer. Elle avait porté sa fille neuf mois, l'avait élevée et aimée vingt-quatre ans et du jour au lendemain, la mort la lui avait reprise. Pourquoi Pascale ? Pourquoi son enfant à elle ? Certains jours, elle était tellement mal, que, sur le chemin du collège où elle m'accompagnait, elle vomissait sur le trottoir. On ne le savait pas encore, mais c'étaient les premiers symptômes d'un cancer du sein.

Ma mère a toujours été compréhensive à mon égard. Bien qu'elle n'ait pu m'empêcher de faire les quatre cents coups, de Toulon à Saint-Tropez, elle m'a donné une très bonne éducation, même si elle s'est montrée peut-être un peu trop indulgente parce qu'elle avait du mal à me contrarier et à me faire de la peine. Aurait-elle dû se montrer plus ferme ? Peut-on reprocher à une mère d'aimer trop le seul enfant qui lui reste ?

Peut-on dire à une femme qui a perdu un aîné : « Tu donnes trop d'amour à ton petit » ?

Le monde entier est en manque d'amour et on irait critiquer une personne qui n'est qu'amour ?

J'ai fait souffrir mes parents durant toute mon adolescence, mais j'avais une vision déformée du bien et du mal. J'avais enfermé ma souffrance dans un coin de ma tête, comme dans un coffret, et j'ai donné un tour de clé pour pouvoir survivre au vide laisse par Pascale. À partir de là, rien ne me paraissait plus vraiment grave. Il ne me reste d'ailleurs que peu de souvenirs intacts de cette période-là. Rien de très précis, à part le fait que j'étais « espiègle », comme le répète souvent ma mère. Je taquinais les gens. J'étais supposé m'occuper de ma grand-mère aveugle, mais je passais mon temps à l'asticoter, elle qui ne demandait qu'à écouter les chansons des clips diffusés sur M6. Elle chantonnait du matin au soir. Sa gaieté n'était pas feinte. On ne parlait jamais de Pascale.

Je préférais retrouver mes copains du rugby. On restait ensemble tout le temps. Comme les doigts de la main, sur les terrains et en dehors, à sortir et à jouer aux cartes. « Ensemble », c'était mon mot préféré. Celui qui me revient, en tout cas.

On faisait la fête presque tous les soirs. Un jour, avec mon copain Coco (Jean-Martial Cottin), nous avons eu un accident de voiture avec le 4 × 4 commercial tout propre de mon père. Nous avons fait un tonneau, et l'eau qui était entrée par les ailes lors du récent lavage s'est déversée à flots dans la voiture, inondant les sièges avant. Coco a cru que c'était de l'essence, que la voiture allait exploser. Il a flippé, il m'a carrément marché dessus, pour bondir comme un cabri à l'extérieur du véhicule. Moi, je riais !

J'ai eu de la chance parce que j'ai eu beaucoup d'accidents, mais toujours sans gravité. Des péripéties, une bosse par-ci, une cicatrice par-là. Jamais rien à la hauteur de la peine qui habitait secrètement mon cœur.

Je ne prends conscience que maintenant du mal que j'ai fait, et que je me suis fait. C'est en rencontrant des parents placés dans la même situation que les miens, avec des enfants impulsifs, belliqueux, qui leur donnent du fil à retordre parce qu'ils ont des comptes à régler avec la vie, que je comprends par où mes parents sont passés.

Ah, si le rugby n'existait pas !

Malgré ma vie dissolue, j'ai suivi quelques copains qui venaient de s'inscrire au club de rugby de Solliès-Pont, en 1989. J'avais 17 ans, aucun rudiment technique. Je connaissais un peu les règles parce que j'avais vu pas mal de matches à la télé : ma mère était une fan de Roger Couderc. Je suivais vaguement l'actualité du ballon ovale, mais sans plus. L'adaptation se révéla pourtant assez facile. Et le simple fait d'accepter des règles imposées, des codes bien identifiés, des limites, me fit le plus grand bien.

J'occupais le poste de demi d'ouverture en championnat d'honneur régional. Ce poste me convenait car il demande pas mal de vivacité, et que mon expérience du foot me servait pour le jeu au pied. J'ai tout de suite trouvé dans l'ambiance du club ce que je cherchais : amitié, solidarité, agressivité. Un moyen de canaliser mes tensions, l'occasion unique de me surpasser, de faire quelque chose d'estimable à mes yeux. De suivre un fil conducteur, enfin.

J'ai connu la joie d'une montée en troisième division en équipe première, et celle d'un titre de champion du Var en junior.

J'ai rejoint le club de La Valette, deux années et demie plus tard, en 1992. Les dirigeants étaient venus me voir pour me proposer de rejoindre ce club qui évoluait en deuxième division. J'avais accepté parce que j'avais envie de me tester au niveau supérieur. Je suis resté deux ans à La Valette au poste de trois-quarts centre, et je garde un souvenir épatant de mon passage là-bas, car j'y ai franchi un cap. Mon seul regret avec ce club, c'est de ne pas avoir remporté un titre. Nous avons échoué dans la montée en groupe B. Cela s'est joué à un match près !

J'ai rejoint ensuite, en 1993, le Rugby-Club toulonnais où l'on m'a placé à l'aile. Quand l'équipe de Toulon est devenue championne de France Gauderman, mon père était encore dirigeant au Rugby-Club toulonnais, mais il avait déjà quitté ses fonctions lorsque je suis arrivé au club. Il était devenu dirigeant à La Valette et Solliès-Pont. C'est lui qui m'a poussé à aller à Toulon, en 1993.

Au début, je ne voulais pas y aller parce que j'étais sûr que je passerais le plus clair de mon temps sur le banc de touche, et j'aimais le rugby pour jouer, pas pour faire de la figuration. Mon idée était de signer à Mandelieu-La Napoule, un club près de Nice, en groupe B, parce que je connaissais l'entraîneur : c'était un cousin de mon père, Dominique Dominici. Son équipe évoluait dans une division supérieure à celle de La Valette, c'était une honnête progression pour moi. Mais le dernier jour des mutations, Victor Agostini, alors président du RC Toulon, m'a téléphoné : « On aimerait t'avoir avec nous ! » Mon père, surexcité, a tout fait pour que j'accepte. J'hésitais : « Tente au moins le coup, qu'est-ce que tu risques ? Si ça ne marche pas, ce ne sera pas grave ! »

Ma mère était consciente que plus je montais de niveau et plus c'était dangereux physiquement, que je prenais des coups, des châtaignes, que cela devenait chaque jour un combat plus dur, mais elle sentait bien qu'à travers mes succès, nous reprenions tous goût à la vie.

Nous retrouvions le goût du plaisir. Du plaisir à partager. Cela valait la peine, même si peu de gens croyaient en mes capacités. Quand mon père disait fièrement : « Vous verrez mon fils, il est très fort, il va vous étonner », tous ses copains se moquaient de lui : « Jeannot, s'il te plaît, arrête un peu ! Avec son gabarit, il va jouer où, ton fils ? »

Des méchantes langues, comme il en existe dans tous les milieux, ne me donnaient pas la moindre chance : « Il n'est pas sérieux, ce petit Dominici, il n'y arrivera jamais ! »

J'ai réfléchi à la proposition du RCT, et après une longue hésitation, j'ai répondu à M. Agostini : « OK, je viens, mais je m'en fous, des sous. Ce qui compte pour moi, c'est que vous ne me laissiez pas dans un coin. Je ne veux pas que personne ne me regarde ! » C'était assez gonflé. Surtout pour un timide comme moi. Si j'arrive aujourd'hui à donner le change, à « avoir l'air de... », je ne me suis jamais totalement débarrassé de ma timidité, et de mon manque de confiance.

En arrivant à Toulon, j'ai tout de suite senti une différence par rapport à mes expériences précédentes : vitesse, engagement physique, pression du public, etc. Tout était plus difficile à gérer. D'autant qu'au début, j'étais un peu foufou, je courais dans tous les sens, ce qui cadrait mal avec le style de jeu « à la toulonnaise », façon rouleau compresseur.

Les conditions étaient assez dures. On avait une très belle villa en plein centre-ville où nous nous préparions. Un endroit idéal situé dans le port du Mourillon où l'on nous préparait des déjeuners d'avant matches. Personne n'osait y toucher. Il ne fallait pas avoir d'appétit. Il fallait être stressé, angoissé. Si on mangeait tranquillement avant un match, certains pensaient qu'on n'était pas « dedans ». Il fallait qu'on ait la bile. C'était le côté gladiateur, un esprit très solennel qui primait sur tout autre sentiment. On avait l'impression qu'on devait absolument porter un masque sinistre, sinon cela voulait dire qu'on n'était pas « dedans ». Pour faire monter la pression, on parlait de l'adversaire, des conditions du match. On allait chercher nos plus grands malheurs au fond de nous-mêmes. Nos coaches nous y poussaient. Depuis plusieurs générations, ils avaient intégré ce type de préparation. Nous, jeunes joueurs, recevions en héritage ce qu'avaient apporté les grands des générations précédentes. Et encore, je n'ai pas connu Daniel Herrero, qui fut une figure si importante à Toulon. Chaque coach laisse une trace. J'ai beaucoup entendu parler d'Herrero par ceux qu'il a entraînés, qui ont hérité ses mots si forts, comme Éric Champ, Jérôme Gallion ou Manu Diaz. Herrero a déteint sur eux, comme Bernard Laporte a déteint sur moi parce qu'il m'a entraîné pendant dix ans. Ou désormais Fabien Galthié, bien sûr. Tous les grands entraîneurs laissent des traces profondes.

La première année, j'ai disputé deux matches en réserve nationale B, j'ai été cinq fois titulaire et onze fois remplaçant en équipe première. Le premier match en première, c'était face à Perpignan au stade Mayol. Je remplaçais David Jaubert qui s'était cassé la main. Le jeu était hyperagressif. Les adversaires, on les « soignait » d'abord, on discutait ensuite. Quand je suis entré, il devait rester environ vingt-cinq minutes à jouer. Depuis le début, j'espérais rentrer parce qu'il y avait toute ma famille, tous mes amis serrés dans les tribunes, et Ingrid, ma « future ex-femme ». Tout le monde en parlait depuis des jours : « L'enfant de Solliès-Pont qui joue en première à Toulon ! » Un vrai conte de fées ! Je suis entré blanc de peur à l'idée de faire des erreurs, de passer à côté, mais aussi très fier, content, excité. Dans ma tête, c'était vraiment une cacophonie de sentiments contradictoires. Je me souviens comme si c'était hier de toutes ces émotions. Je me sentais infiniment bien. J'étais une crevette parmi les gros malabars, mais j'étais agressif et déterminé. Ce ne sont pas forcément les muscles qui font de vous un bon rugbyman. Dans mon cas, c'était la volonté et la détermination. Ne pas accepter de reculer, ne pas lâcher un centimètre de terrain, vouloir gagner à tout prix, ne pas supporter de perdre.

Déjà à l'époque, et encore aujourd'hui, je savais que je pouvais compter sur ma vitesse, et la puissance de mes jambes. Du Taureau, j'ai hérité la force qui vient de la terre et des appuis solides. On peut m'envoyer un gars de 200 kilos en face, si je le déséquilibre, s'il n'a plus d'appuis, sa force est anéantie, c'est fini pour lui, il ne peut plus résister, il ne peut que tomber.

Pendant les soirées de bringue, c'était comme sur le terrain, je ne pensais à rien. J'avais l'impression d'être moi-même et parfois, l'illusion d'être heureux. Mais quand la nostalgie me rattrapait, subitement l'expression de mon visage changeait. J'avais un regard noir à faire peur, chargé de haine, et c'est là que j'allais, sous n'importe quel prétexte, chercher quelqu'un pour me battre. Le lendemain, le souvenir de ces soirées-là me dégoûtait. J'avais envie de sortir du cercle vicieux, mais j'étais comme pris dans un sale piège.

Sur les terrains de rugby, je redoublais d'énergie et d'audace. J'étais le vrai Christophe Dominici, pas ce pantin qui crânait ou cherchait la bagarre pour un oui, pour un non. Je n'en avais pas conscience, mais le rugby m'a permis, petit à petit, de me reconstruire.

Rien ne me prédestinait à faire une carrière aussi longue. Surtout quand je repense à mes débuts avec mon inséparable ami, Fabrice Turpin, plus âgé que moi, mais pas moins révolté.

Nous étions excessifs dans tout ce que nous faisions. Les matches de l'époque n'avaient rien à voir avec ceux d'aujourd'hui. On passait plus de temps à se battre qu'à jouer, car nous n'avions pas le niveau pour rivaliser autrement avec les équipes adverses. Il bouillonnait à l'intérieur de nous une telle agressivité qu'on n'était jamais les derniers à rentrer dans les « générales ». C'était notre façon d'exprimer le plus férocement notre mal de vivre. On a tout de suite adhéré à ce système parce que cela nous soulageait de mettre des marrons à tout le monde. J'étais fluet, je ne payais pas de mine, mais j'impressionnais mes camarades par ma vitesse. Sur chaque prise de ballon, j'arrivais à faire la différence, en me fiant principalement à mon instinct. J'avais toujours une petite longueur d'avance. Aux postes de demi d'ouverture, ou parfois trois-quarts centre, je prenais de plein fouet des joueurs de 90 kilos alors que j'en faisais à peine 68. Mais je n'avais rien à craindre car mes potes étaient là pour veiller sur moi. Dès qu'un adversaire revenait un peu à la charge, il prenait une mandale. Je me sentais protégé. Il ne pouvait rien m'arriver.

Fabrice poursuivait son rôle hors des terrains, d'ailleurs. Il venait me récupérer à droite, à gauche, quelle que soit l'heure du jour ou de la nuit. Ma mère le priait de veiller sur moi.

Ma vie n'était qu'une fuite en avant.

Je souffre encore, mais je ne fuis plus. Je plie, mais je ne romps pas. Je pardonne mais je n'oublie pas. Je me courbe, mais je ne me prosterne pas. Être « homme » est facile. Être « un homme » est plus rare. Je fais tout pour être « un homme bien ».

3
Je n'imaginais pas quitter Toulon

Durant les années 1980, l'été, ma mère travaillait dans un camping, près d'Hyères, au bord de la mer, tandis que mon père gérait trois autres magasins. Elle avait commencé par un stand de fruits et légumes devant la porte d'entrée du camping, qu'elle a transformé en libre-service, avec un dépôt de pain. Certains jours, elle vendait jusqu'à 1 400 baguettes, et déplaçait de lourds casiers de bouteilles de limonade. Elle ne se plaignait jamais même quand, dix ans après ma naissance, à cause de ce dur travail, elle a perdu l'enfant qu'elle portait, le frère ou la sœur que je n'ai finalement jamais eu.

Pascale était nee en 1962. Dix ans s'étaient écoulés avant que je naisse, le 20 mai 1972, et dix ans encore avant qu'elle ne se retrouve enceinte pour la troisième fois, en 1982. Elle était heureuse et un petit peu gênée d'être enceinte à 40 ans. Elle disait en riant à ma sœur : « C'est toi, Pascale, qui devrait attendre un petit ! Pas moi ! » La naissance d'un bébé dans notre famille aurait forcément changé notre destin à tous, surtout après la mort de Pascale. Je n'aurais pas été l'enfant surprotégé par une maman marquée au fer rouge, mais celle-ci ne put mener sa grossesse à terme.

Le soir, elle baissait le rideau de fer, passait le balai, la serpillière. Et moi, je jouais dans les alentours, sous la surveillance de ma sœur ou de ma cousine. C'est là que j'ai connu mon premier flirt. Une petite que j'embrassais sous l'eau pour que les gens ne nous voient pas.

À l'âge de 4 ans, je me suis échappé du camping en pyjama, revêtu de ma robe de chambre rouge. J'ai marché 2 kilomètres le long de la route du camping, jusqu'à chez moi. Ma sœur et ma mère criaient partout dans le camping : « Avez-vous vu Christophe ? » Ma sœur courait vers le toboggan. Je n'y étais pas. Ma mère se précipitait vers le pont, le cirque, la piste cyclable... Personne. J'étais rentré à la maison, où des amis, ne sachant rien de l'inquiétude de ma mère et de ma sœur, me servaient gentiment une belle assiette de fraises. Tout le monde savait que c'était mon péché mignon. Ma mère et Pascale eurent d'autant plus peur qu'un an auparavant, on avait retrouvé dans un sac en plastique un petit garçon mort... L'affaire n'a jamais été élucidée.

J'ai toujours donné pas mal de fil à retordre à ma mère. Un jour, à l'âge de 7 ans, j'escaladai un échafaudage et je courais d'un bout à l'autre de la mezzanine en construction au premier étage de notre maison, une sorte de grande dalle de béton sans garde-corps. Ma mère était alors montée à l'échelle, et d'une voix toute douce, elle essayait de m'amadouer : « Viens, mon chéri, maman va te donner un bonbon ! » Mais je m'en fichais, je continuais à courir dans tous les sens, en riant, ainsi que les jours suivants, jusqu'à ce que les travaux soient terminés. Maman a fini par admettre que j'étais par nature du genre casse-cou. Un jour où elle m'avait enfermé dans ma chambre parce qu'elle m'avait surpris en train de me battre avec un autre garçon, j'ai sauté par la fenêtre. Je me suis fait une entorse, mais j'ai quand même couru en boitillant jusqu'à mon ennemi, pour lui coller un dernier coup de poing !

À l'école, je multipliais les heures de colle parce que j'étais impulsif. Mais je n'avais pas mauvais fond et les profs le savaient. Il y en avait pas mal qui appréciaient ma spontanéité, même si j'avais plutôt de sales notes.

J'aimais bien l'école, surtout le dessin, la musique, la gym, et les maths – j'adore compter. En revanche, je détestais les vacances en « colo ». Je n'y suis allé qu'une seule fois. Quelques jours après mon arrivée, j'ai écrit une lettre à mes parents qui commençait par : « Cher papa, chère maman, je pleure tous les jours... » Je ne supportais pas d'avoir des programmes et des horaires à respecter. Mes parents ne m'ont jamais forcé à y retourner.

J'ai arrêté l'école en troisième, à l'âge de 15 ans. On m'a orienté vers un BEP de maintenance hydraulique, mais je n'ai jamais voulu y aller. Cela ne me plaisait pas, ce n'était d'évidence pas un truc pour moi. Je préférais ne rien faire du tout, dormir tard et traîner dans la rue.

Je regrette de ne pas avoir poursuivi mes études. Beaucoup des connaissances qu'on acquiert à l'école me manquent cruellement. Mes lacunes entament ma confiance même si j'ai développé par instinct, à travers le sport et le métier de commerçant, une forme d'intelligence pratique et rapide.

Je suis loin de me considérer comme l'« idiot du village », mais j'aurais aimé me cultiver davantage, notamment sur l'histoire de l'art moderne, du design et de l'architecture, posséder une base d'instruction plus solide, qui ne se limite pas à « l'école de la vie », même si on y apprend beaucoup de choses utiles !

Je regrette aussi de ne pas parler l'anglais. Cela me faciliterait la vie, accessoirement pour lire ce que les médias anglais racontent sur le compte des rugbymen français, et plus sérieusement, pour faire des affaires à l'étranger.

Pour les comptes, en revanche, je n'ai besoin de personne... Sauf de mes parents, de temps à autre. Notamment quand mes affaires se compliquent, ce qui arrive, malheureusement, quand on choisit mal ses associés ou lorsqu'on n'est pas sur place en permanence.

À 18 ans, j'ai acheté un magasin de fleurs avec un copain, Marc Martineau, dont le frère avait été tué par balles dans des circonstances mystérieuses lors d'un braquage à Saint-Jean-du-Var. Le malheur nous a rapprochés, et tous les deux avons décidé de gérer ce magasin, que nous avons appelé Le Secret floral, parce que, au fond, ni lui ni moi ne comprenions très bien ce qui était arrivé à nos frère et sœur. Pourquoi eux et pas nous ? Pourquoi eux, et pas les autres ? Les années passaient et la question restait toujours sans réponse.

Le magasin existe toujours. Il a été rebaptisé du nom de Violette, et a changé de propriétaires.

Dès le début, j'ai aimé exercer à mon tour le métier de mes parents, et de ma sœur.

Choisir les fleurs, discuter des tarifs, faire des bénéfices, prospérer, monter de nouveaux projets. J'ai été élevé dans le commerce, et j'ai toujours senti que j'étais fait pour ça. Pour brasser des affaires, établir des contacts fructueux.

Par la suite, j'ai acheté ce fameux bar, l'Univers. Pourquoi un bar ? Pour les rencontres, la proximité avec des clients en tous genres, des lycéennes, des femmes mûres, des jeunes, des papys. Derrière mon comptoir, ou attablé en terrasse, j'aimais parler à des inconnus, écouter distraitement les monologues sans queue ni tête des buveurs, les discussions passionnées des habitués sur le dernier match de foot ou le prochain match de rugby... Tout ce qui s'échange dans un bar ne s'écrit pas, ne se joue pas. Beaucoup de conneries, bien sûr, mais aussi des moments de grâce entre des individus chargés de solitude.

Avec le temps, je supporte de moins en moins les discussions stériles. J'ai tant de beaux projets en tête que j'accepte mal l'idée de perdre mon temps.

Mais à 18, 20 ans, cela me plaisait. Passer des heures à jouer aux cartes avec les copains, servir à boire aux clients, faire en sorte qu'il y ait une bonne ambiance. Que les gens aient plaisir à se retrouver « chez moi », dans ce café. C'était le siège commun des clubs de foot et de rugby de Solliès-Pont. Accueillant et ouvert très tard pour un bar de village, jusqu'à 1 heure du matin. On avait installé un écran géant pour suivre les matches à la télé.

J'ai également monté un magasin de vêtements pour hommes. Sur un coup de tête. En 1995, j'avais été sélectionné en équipe de France A, contre l'Angleterre A au stade Jean-Bouin. Sur la convocation, était inscrit tout ce qu'il fallait prévoir pour l'occasion : blazer, pantalon gris, cravate club. Comme d'habitude, j'ai voulu faire les choses bien, en grand. Je suis allé au centre commercial du Grand Var-Est, juste pour acheter une veste, mais le vendeur a réussi à me fourguer toute la marchandise dont il disposait dans la boutique ! En ressortant les bras chargés de paquets, version masculine de *Pretty Woman*, je lui ai dit : « Toi, si tu n'es pas le patron, tu devrais ouvrir un magasin, tu as un sacré avenir dans le métier ! » Et comme il m'avait dit qu'il appréciait le rugby, je suis passé dès le lendemain lui donner des invitations pour venir me voir jouer au RC Toulon. Invitations dont il n'a pas pu profiter parce qu'il travaillait tous les samedis. Plus tard, en apprenant que mon club jouerait exceptionnellement un dimanche, j'ai repensé à mon vendeur, et lui ai envoyé deux billets, avec un petit mot sympa. Ce jour-là, on jouait au stade Mayol contre Agen. Après le match, nous avons discuté autour d'un verre et décidé d'ouvrir ensemble un nouveau magasin à La Valette, entre Toulon et Solliès-Pont.

Le magasin a très bien marché jusqu'à ce que nous en arrivions à nous séparer. Preuve que mon intuition peut parfois me tromper. Je n'avais pas imaginé que ce gars-là puisse me jouer de sales tours. Il a obtenu des crédits inconsidérés, des découverts importants, concernant le premier magasin, mais aussi ceux que nous avons ouverts ensemble par la suite. Ma famille et moi sommes encore en train de rembourser les dettes, persuadés qu'il nous a volés ou qu'il a bien mal géré nos affaires.

C'est le commerce ! Il arrive de se planter, de se tromper sur les individus, la marchandise, ou l'emplacement des boutiques. Il faut prendre des risques pas toujours évidents à calculer. On ne peut pas connaître que des réussites. Mais je pense que les mauvaises expériences se révèlent souvent plus riches d'enseignements que les affaires qui tournent toutes seules, à condition de ne pas répéter les mêmes erreurs.

Et de toute façon, je ne regrette pas mes échecs car je suis ainsi fait que, à un moment donné, pour apprendre, il faut que j'aille dans le mur. Pourquoi « il faut » ? Pour ressentir les choses. Pour qu'elles me marquent. Parce que rouler vraiment vite en voiture n'a d'intérêt que quand tous les signaux sont au rouge et le précipice à 3 mètres. Sinon, cela relève du fantasme et on ne bâtit pas une vie sur des fantasmes.

J'estime avoir une très bonne « vue », au sens propre comme au figuré. Quand je regarde quelqu'un dans les yeux, je sais ce qu'il ou elle a au fond des tripes. Les yeux sont le reflet de l'âme... à quelques rares exceptions près !

Nous avons tous des qualités et quand on les a repérées, il suffit de les développer. Dans la vie, je profite de ma capacité à jauger les gens au feeling en un coup d'œil, et au rugby, je profite de mes appuis au sol et de mon sens de l'anticipation pour me faufiler dans les lignes d'en face. C'est en partie grâce à cela que je suis encore en équipe de France à 35 ans. Nous avons tous un don ou plusieurs dons à cultiver. Je ne peux pas croire qu'il existe des êtres humains qui n'aient rien à faire valoir.

Quand on éprouve par rapport à soi un sentiment de pauvreté, il faut chercher davantage. Se faire aider. Dans mon cas, il y a un rapport qui va de soi entre mes appuis – les pieds sur terre, la tête dans les étoiles – et mon côté funambule dans la vie. Le plus difficile est d'arriver à doser, à moduler mon énergie en fonction de mon âge et de mes capacités du moment. Est-ce la fougue que je déployais quand j'étais jeune rugbyman à Toulon dont j'ai besoin aujourd'hui ? Ou bien dois-je faire preuve de beaucoup plus de lucidité ? Qu'est-ce qui fait ma force aujourd'hui : mon côté « rentre-dedans » de sale gosse ou mon esprit d'analyse ? Prendre un ballon – bho ! bho ! bho ! –, essayer de passer, si c'est à bon escient, ça va, mais bien souvent cela ne sert à rien de vouloir passer en force. Mieux vaut employer le déséquilibre, l'évitement, le contre-pied.

Contrairement à mon époque toulonnaise, où ma force venait de ma rage, mon but aujourd'hui est de faire en sorte que chaque action, chacune de mes interventions soit menée efficacement jusqu'à son terme.

Quand on me présente des photos (je déteste voir des images de moi ; alors que ma mère les collectionne, en met dans toutes les pièces de sa maison, il n'y en a pas une seule chez moi, à Boulogne !) où je soulève de terre un joueur deux fois plus lourd que moi, je n'ai pas l'impression que c'est moi. Ce que je vois sur la photo ne correspond pas du tout à ce que j'ai ressenti. Dans ma tête, je pèse toujours 68 kilos, et grâce à la poussée de mes jambes, c'est une plume que je soulève, même si mon adversaire a l'air d'un sumo ! Il ne s'agit pas de technique mais de facilité. Pour moi, cela revient à monter un escalier quatre à quatre sans être essoufflé. Tout ce qui se fait sans réfléchir n'est en rien contraignant.

Alors que, en dix ans, j'ai pris une douzaine de kilos de muscles, je n'ai pas du tout l'impression d'être plus costaud qu'à l'époque de ma jeunesse. Je suis toujours le joueur qui doit se battre, se démener plus que les autres pour exister.

Dieu sait si cela n'était pas facile à l'époque où je défendais les couleurs de Toulon ! Je fermais chaque nuit mon bar bien au-delà de minuit. Je sortais le week-end, je fumais comme un pompier. Je faisais la grasse matinée, je repassais au bar en début d'après-midi, après avoir avalé deux cuillères de pâtes chez mes parents. Je n'avais jamais faim, je buvais vingt-cinq cafés par jour, j'allais à l'entraînement à Toulon, et le soir, retour à l'Univers où je tuais le temps jusqu'à 2 heures du mat'.

Pour faire du muscle avec un tel régime, ce n'était pas idéal ! En fait, je ne tenais qu'avec l'énergie du désespoir, avec cette habitude que j'avais prise de vivre tout le temps sur les nerfs et sans réfléchir. J'étais mal dans ma peau, mais question rugby, ça ne marchait pas si mal.

J'ai connu ma première titularisation en première division au Rugby-Club toulonnais dans ses terres, au stade Mayol, contre le SBUC, entraîné par Bernard Laporte, l'actuel entraîneur de l'équipe de France, celui qui m'accueillera à mon arrivée au Stade-Français en 1997. Il m'avait été présenté par Jean-Robert Fargette. À l'époque, il y avait deux clubs à Bègles-Bordeaux : le Stade béglais et le SBUC. Quand la première ligne baptisée les Rapetous, avec le trio infernal Moscato-Gimbert-Simon – des joueurs que je retrouverai plus tard à mes côtés et en troisième mi-temps –, s'est fâchée avec le Stade béglais, club avec lequel ils avaient été champions de France en 1991, elle est partie au SBUC. En 1998, je partagerai le titre de champion de France avec eux, sous les couleurs du Stade-Français, avec Bernard Laporte pour entraîneur.

L'un d'entre eux, Vincent Moscato, a été mon témoin de mariage, le 25 juillet 1998 ! Malheureusement, il ne m'a pas porté chance puisque j'ai divorcé en 2001. Je ne manque jamais de le lui rappeler d'ailleurs, en plaisantant. Quant à Serge Simon, c'est quelqu'un que j'apprécie énormément, pour qui j'ai un profond respect. Un mec foncièrement intelligent, très drôle, profondément fou, mais qui a fait avancer le rugby sur le chemin abrupt du professionnalisme naissant.

Le jour de ma première titularisation à Toulon, j'ai marqué un essai inoubliable : une prise d'intervalle, je perce et je cours sur 40 mètres. Personne pour me rattraper. Moscato et Cie, on les traitait de tous les noms à Mayol. Tout le monde avait gardé en mémoire le fameux Toulon-Bègles de 1991. Match éliminatoire à Toulon, bagarre de tous les côtés, le stade Mayol bourré à craquer, mais plongé dans un silence de cathédrale. Pas un bruit, pas un cri, les deux équipes face à face à 5 centimètres l'une de l'autre, telles deux armées prêtes à mourir au combat comme dans *Braveheart*, mon film préféré, où Mel Gibson incarne un héros qui se bat pour son peuple et meurt dans la plus grande dignité.

On les savait courageux, mais ils n'avaient pas bonne réputation chez nous ! Ils se sont fait copieusement huer car on ne les respectait pas. Si on avait pu, on les aurait massacrés sans pitié. Moi, ils ne m'impressionnaient guère parce que, en fait, je ne les connaissais pas. J'ai commencé le rugby si tard, à 17 ans, que je n'ai jamais admiré de joueurs en activité. Quand j'ai découvert le rugby, j'étais déjà trop vieux pour coller des posters de joueurs dans ma chambre, ou faire signer des autographes, comme la plupart des ados.

J'ai passé quatre ans sur la Rade, dans ce club mythique, où j'ai vécu les premiers grands moments de ma carrière. Curieusement, je n'ai jamais été très à l'aise au stade Mayol. Je n'ai jamais su l'apprivoiser, ni y trouver mes repères. Peut-être à cause des lignes, ou des tribunes, très proches du terrain et très abruptes en montée. Ce n'est pas que je n'aimais pas ce stade, bien au contraire, mais je n'ai jamais pu intégrer ses paramètres, ni vraiment apprécier sa pelouse. Le grillage est très proche de la ligne de touche. Cela n'a rien de psychologique, mais il m'était impossible de m'y sentir bien, un peu comme au Millennium Stadium de Cardiff, où les tribunes sont également très près de l'aire de jeu. Les spectateurs sont si proches que je les entends presque respirer dans mon dos. C'est peut-être par rapport à mon signe astrologique : le Taureau a besoin d'espace, de liberté pour s'exprimer. Il est mal quand il se sent piégé comme dans une arène. Sentir les gens figés dans l'événement, trop près de moi, ça m'énerve, ça m'excite, mais dans le mauvais sens du terme.

Je n'imaginais pas quitter Toulon, un jour.

Tant d'émotions sous le maillot rouge et noir ! Nous avons atteint les demi-finales du championnat de France face à Castres et de la coupe de France, face à Pau, plus quelques quarts de finale par-ci par-là.

Malheureusement, l'aventure s'est terminée en queue-de-poisson. Le club avait tendance à s'endormir sur ses lauriers, à l'heure où le professionnalisme commençait à conquérir les esprits novateurs, et trouver des moyens de se développer en France et dans le monde. Je trouvais que les dirigeants toulonnais manquaient d'ambition.

Aussi, je suis allé trouver Jean-Claude Ballatore, « l'entraîneur-président-dirigeant-manager » de l'équipe, pour exiger plus de moyens et un meilleur salaire, pas seulement pour moi, pour toute l'équipe ! J'étais proche de l'équipe de France, j'avais des contacts avec le Stade-Français et d'autres clubs. Je sortais d'une saison pleine. Mais mon interlocuteur est resté sourd à mes arguments, et n'a rien fait pour éviter l'exode de ses meilleurs joueurs, à commencer par Franck Comba, Christophe Moni et moi-même qui sommes allés au Stade-Français, mais aussi Yann Delaigue, Gérald Merceron et quelques autres.

Quand j'ai commencé au club toulonnais, les dirigeants me donnaient 600 francs par mois et la dernière année, alors que je jouais en première division, j'avais une fiche de paie de 10 000 francs (1 500 euros). Je ne pense pas avoir escroqué ces gens-là et pourtant, ils m'ont fait passer pour un sale mercenaire, un joueur sans moralité, qui allait à Paris attiré uniquement par l'argent. Je suis très rancunier, et cela m'est très longtemps resté en travers de la gorge. Mais je ne le remercierai jamais assez de m'avoir laissé partir. Il m'a ouvert toutes grandes les portes de la gloire.

Quand je tournerai définitivement la page, cela me manquera de ne pas avoir gagné un titre de champion de France avec Toulon. Je me rappelle l'accueil que les joueurs toulonnais, champions de France en 1987 après avoir battu le Racing-Club de France, avaient reçu sur la Rade à leur retour de la capitale. J'étais jeune, et je n'avais jamais connu une telle ferveur populaire. J'étais allé sur le port pour participer à la liesse. J'ai eu quatre titres de champion de France (1998, 2000, 2003, 2004), quelques grands moments en équipe de France, dont l'un des plus forts est ce match contre les All Blacks de Nouvelle-Zélande, le 31 octobre 1999, à Twickenham, en Coupe du monde.

J'ai véritablement changé de statut ce jour-là. Mais si je suis stadiste avant tout, dans un coin de mon cœur et pour toujours, je garderai un petit regret de ne pas avoir pu offrir au club de ma jeunesse un titre de champion de France.

4
Ingrid

Quand j'ai rencontré Ingrid, elle avait 14 ans, elle était encore au collège. Les raisons pour lesquelles nous nous sommes amourachés l'un de l'autre étaient évidentes : nous étions tous les deux aussi malheureux. Elle vivait mal le divorce de ses parents. Sa mère était en train de refaire sa vie et Ingrid ne trouvait sa place nulle part, pas plus chez sa mère que chez son père. Mais elle n'était pas du tout une adolescente révoltée, bien au contraire, elle était sage comme une image, acceptant tant bien que mal la fatalité. Tout le contraire de moi, qui étais tout le temps en rage.

Ingrid et moi sommes sortis ensemble pour la première fois le 10 mai 1991. J'ai fêté mes 19 ans dix jours plus tard, le 20 mai.

Elle avait passé son enfance à Bras, dans le Haut-Var, près de Brignolles, et le hasard a voulu que le nouveau compagnon de sa mère habite le même village que moi, à Solliès-Pont.

Tous les week-ends, Ingrid venait rendre visite à sa mère qui attendait un autre enfant, un petit garçon.

La première fois que je l'ai vue, c'était à Solliès-Pont, dans un bar, à l'occasion d'un festival de bandes dessinées. Je l'ai aussitôt trouvée mignonne, mais bien trop jeune pour moi, d'autant que, à l'époque, je fréquentais des femmes plus âgées que moi, et plus dévergondées aussi. J'ai senti qu'elle avait eu un coup de foudre pour moi, mais j'étais un rebelle et un rebelle ne flirte pas avec une fille de 14 ans.

Pourtant, les traits de son visage étaient comme ancrés dans ma mémoire. Peut-être parce qu'elle me rappelait Pascale ou parce qu'elle avait l'âge que j'avais moi, quand ma vie s'est arrêtée. Ou bien un mélange de tout cela. En tout cas, cette fille inspirait chez moi une grande confusion de sentiments. Elle m'attirait.

Mais j'étais en période d'autodestruction totale. Je piquais des trucs à droite, à gauche, je faisais la fête tout le temps, je fumais beaucoup. Je venais de commencer le rugby et je ne me tuais pas au travail, sauf pour aider mes parents de temps en temps. J'étais le meilleur client de mon futur bar, l'Univers.

Un samedi après-midi, Ingrid est venue faire un petit tour avec sa mère à l'Univers. Tandis que je jouais aux cartes, dos à la porte, je l'observais grâce à un miroir. Elle aussi pouvait me voir. Mais pas question pour moi de faire le premier pas. Elle était trop prude, et moi trop timide.

Quelques jours plus tard, eut lieu à Solliès-Pont le bal annuel du rugby. Elle est arrivée avec sa mère et son beau-père, toute pomponnée, ravissante, mais intouchable pour moi. J'ai craqué, j'ai bu plusieurs verres de suite pour être sûr d'être vraiment saoul, et tandis qu'elle essayait de capter mon regard pour la première fois, yeux dans les yeux, j'ai détourné mon attention. J'ai grimpé sur la scène et je me suis mis à danser comme un débile, me livrant à un spectacle pitoyable, chemise ouverte, jean moulant et santiags, moi qui suis si timide en réalité, qui ne danse jamais, et finalement, j'ai terminé à moitié dans les vapes, dans les bras d'une autre fille.

Ingrid a flirté ce soir-là avec un garçon qui avait deux ans de plus que moi. J'étais vraiment un abruti de m'être fié aux apparences. Je n'avais pas compris qu'Ingrid était sortie de son enfance aussi brutalement que moi. J'ai réussi à faire savoir à Ingrid que je souhaitais la revoir et je lui ai fait parvenir mon numéro de téléphone. Elle a trouvé ça nul et ne m'a pas rappelé.

Mais quelques jours plus tard, tout le village était convié à l'inauguration d'une nouvelle boîte de nuit dans laquelle son beau-père, électricien, avait aménagé tout l'éclairage. C'est là que nous avons parlé pour la première fois, face à face, et que nous nous sommes embrassés. Nous n'allions plus nous quitter pendant dix ans.

À la rentrée suivante, j'ai voulu qu'elle s'installe avec moi chez mes parents. Elle était inscrite en seconde au lycée de Toulon, son père habitait à 50 kilomètres. Elle se sentait de trop dans la nouvelle vie de sa mère. Je voulais qu'elle retrouve un toit accueillant.

Mes parents, bien qu'ils l'aient trouvée un peu jeune, l'ont accueillie à bras ouverts. Ils ont compris qu'ensemble, elle et moi, avions un espoir de retrouver une forme de stabilité. À la maison, Ingrid a partagé l'ambiance des repas de famille du dimanche, et nous avons retrouvé grâce à elle une présence féminine et juvénile qui nous réchauffait le cœur. En peu de temps, beaucoup de choses ont changé à la maison. Maman a rouvert la chambre de Pascale qui était restée close pendant cinq ans. Elle a impliqué Ingrid dans tous ses projets. Les murs ont pris de nouvelles couleurs, un blanc éclatant a fait son apparition un peu partout, les meubles ont changé de place. Maman a donné les vêtements de Pascale...

Chaque matin, je me levais pour accompagner Ingrid en cours... Toujours en retard ! Je conduisais en pyjama avant de retourner me recoucher.

Très vite, Ingrid et moi avons commencé à nous disputer. Elle disait toujours qu'elle souhaitait que je change. Que je change quoi ? Je l'aimais et je faisais ce que je voulais, point ! Dès le départ, je me suis comporté avec elle comme si elle m'appartenait. Et c'est exactement la raison pour laquelle elle m'a quitté. Parce que je n'ai pas su l'aimer comme elle le méritait.

Nous passions notre temps à nous chamailler, voire à nous bagarrer. On se courait après en hurlant dans toute la maison. Ingrid s'enfermait dans la salle de bains. Je la suppliais de m'ouvrir. Je finissais par casser la porte et puis finalement on se réconciliait et tous les deux, on clouait la porte pour que mes parents ne s'aperçoivent de rien !

J'étais jaloux comme un tigre. Très possessif. Je venais la chercher tous les soirs à la sortie des cours... toujours en retard évidemment. Elle m'attendait, assise sur le petit muret, en prenant soin de ne pas être prise en train de parler à des garçons quand j'arrivais, car cela pouvait dégénérer en bagarre générale ou en règlement de comptes. Je déboulais dans ma Fiat Chroma rouge, je freinais avec fracas devant elle, et quand elle n'était pas seule, je descendais et je m'en prenais au gêneur, même s'il ne s'agissait que d'un copain de classe. Elle était « à moi », et à personne d'autre. Je ne voulais pas perdre deux fois un être cher.

Chaque fois que l'on se disputait, elle me disait qu'elle était triste, que je la faisais souffrir. Et chaque fois, je lui promettais de ne plus recommencer. Je lui demandais pardon sincèrement car je souffrais de la voir si affectée. Je ne voulais pas lui faire de mal.

Pourtant, très souvent, je la laissais seule à la maison, et je sortais rejoindre mes amis pour faire la fête. Je rentrais au petit matin. Quand elle insistait pour venir avec moi, je ne pouvais pas m'empêcher de créer des scandales pour lui gâcher sa soirée. Le calme revenu, je lui disais combien je l'aimais, parce qu'elle était différente des autres. « Différente » : elle prenait cela comme le plus beau compliment que l'on puisse faire à une femme. Par rapport aux femmes « faciles » que j'avais connues, c'était presque comme si elle venait d'une autre planète. J'étais son idole, elle était ma femme, mon grand amour, je la couvrais de cadeaux, c'était ma façon à moi de lui dire que je l'aimais plus que tout. Et pourtant, elle me dira un jour : « Tu me traites comme un objet, comme un "doudou", pire, comme un chien ! »

Malgré les moments de grâce, l'ambiance était souvent tendue. J'avais un fond « macho » et par conséquent du mal à voir Ingrid mûrir et gagner peu à peu son autonomie.

Quand elle a eu son bac, elle a passé son permis de conduire, ce qui lui a aussitôt donné des ailes pour s'épanouir et prendre sa vie en main.

J'étais conscient de son évolution, et quelque part, j'en étais fier, mais toujours avec deux trains de retard. D'autant que le rugby et mon bar commençaient à vraiment accaparer toute mon attention.

Ingrid voulait être avocate et s'est donc mise à fréquenter la fac de droit, côtoyer des amis étudiants avec qui elle sortait. Je la laissais partir et puis d'un seul coup, tel un chat avec une souris, je n'en pouvais plus, il fallait que je la rattrape. Je faisais toutes les boîtes des environs jusqu'à ce que je la retrouve et la ramène à la maison. « Une femme, ça doit rester à la maison, Ingrid », lui disais-je, avant de partir à mon tour pour je ne sais quelle aventure.

Fallait-il qu'elle m'aime pour supporter cela, et tous les mensonges qui me servaient d'alibis quand je rentrais au petit matin. Un jour, ma mère m'a prévenu : « Christophe, à trop négliger sa femme, il y en a certains qui se retrouvent cocus. » Choqué par sa remarque, j'ai répondu : « À moi, ça n'arrivera jamais. » C'est arrivé. Et il n'y a pas si longtemps que j'ai compris que mon comportement était inacceptable pour une femme.

J'avais 21 ans quand Ingrid est partie seule pour la première fois, en Angleterre. Je n'avais jamais été aussi malheureux depuis la mort de ma sœur. Ce fut un déchirement quand il a fallu se dire au revoir, lâcher nos mains, se séparer physiquement. Un mois sans garde-fou, un mois de liberté totale : j'ai finalement trouve que le célibat avait du bon ! Quand elle est rentrée, j'ai dit à Ingrid que je la quittais, que tout était fini entre nous. J'avais trouvé une autre fille et je venais d'accéder à la deuxième division avec le club de La Valette.

Mais mon bonheur fut de courte durée. Deux mois plus tard, je réalisais que j'avais sans doute fait la plus grosse bêtise de ma vie. J'ai erré dehors toute une nuit, essayant de trouver les mots qui me permettraient de regagner sa confiance. Je lui ai dit que malgré moi, j'étais devenu dépendant d'elle. Elle a accepté de me donner une autre chance, mais à condition que l'on prenne un petit appartement.

Dans le même temps, je commençais à aimer de plus en plus le rugby. Et bientôt, je fus contacté par le RC Toulon. J'achetai l'Univers. Ingrid était hyperfière de moi. Elle aurait tout fait pour que je reussisse. Elle était aux petits soins avec moi.

Elle était la « femme de Christophe Dominici ». Présente à mon premier match à Toulon et à quasiment tous les autres. Elle m'accompagnait partout, sauf en troisième mi-temps. Je ne le souhaitais pas parce que, à l'époque, il n'y avait que les femmes peu respectables qui y participaient. Je la raccompagnais à la maison, et je repartais.

Quand j'ai signé au Stade-Français, j'ai souhaité qu'Ingrid m'accompagne à Paris, mais ce n'est pas pour autant que j'ai accepté sa présence en troisième mi-temps. Marc Lièvremont, Christophe Juillet, David Auradou faisaient la fête avec leur femme, mais pour moi, c'était impossible. Comme elle s'était liée d'amitié avec les femmes de joueurs, elle s'étonnait que je ne l'autorise pas à rester.

Un jour, où elle avait décidé de rester malgré tout, je l'ai même ramenée quasiment de force. Elle pleurait dans la voiture. Elle répétait : « Tu ne peux pas me faire ça ! Si tu m'aimes, tu ne peux pas m'humilier de la sorte devant tout le monde ! » Nous venions juste de nous marier. Elle a encore pleuré, sur le palier, elle m'a demandé si je comprenais la douleur que je lui infligeais. Je n'ai rien répondu et je suis parti rejoindre les célibataires de l'équipe. J'avais des remords, mais il m'était impossible d'agir autrement. Je ne lui ai même pas passé un coup de fil pour m'excuser.

Malgré son âge et le fait que nous nous soyons mariés très jeunes, Ingrid était très maternelle avec moi. Elle me surveillait comme le lait sur le feu. Elle s'occupait de tout, de mon sac, de mes affaires, de mes papiers. Elle nettoyait même mes crampons pour qu'ils soient flambant neufs. Je la gâtais autant que je le pouvais, même s'il m'arrivait de mettre le bazar partout dans une maison qu'elle prenait soin de garder en ordre. J'étais rassuré parce que tout était rangé impeccablement dans les armoires et dans mes bagages.

L'ordre, pour quelqu'un d'inquiet comme moi, c'était très important. À l'époque. Parce que, à présent, ce n'est plus du tout essentiel. Peut-être parce que j'arrive en fin de carrière ; peut-être parce que, à 35 ans, je sais que ce n'est pas ça, la vie. Parce que le mal-être qui a suivi notre divorce, la dépression que j'ai faite quand j'ai compris que j'avais perdu Ingrid à jamais, m'ont fait prendre conscience de pas mal de choses et appris à relativiser !

Quand nous nous sommes séparés, je lui ai lancé : « Ne t'inquiète pas ! La prochaine, elle va être hyper-heureuse avec moi. » J'étais ivre de colère : « Tout ce que je ne t'ai pas donné à toi, je lui donnerai à elle ! Elle sera la femme la plus heureuse du monde ! » Cela ne sera finalement pas le cas.

Maintenant, je fais mon sac tout seul, à la dernière minute, dans l'urgence. J'ai énormément de mal à faire mes valises. Mon psychologue, Dylan Suteu, assimile cette difficulté matérielle à mes diverses peurs : peur du changement, peur de passer à autre chose. Peur d'alléger les fardeaux que je me suis habitué à porter. Peur d'abandonner les objets du passé.

J'ai beaucoup de mal à partir, à quitter un endroit qui m'abrite, les gens que j'aime. En réalité, je redoute de ne jamais plus les revoir.

C'est Beyrouth dans mes valises quand je pars en tournée, mais en revanche, je suis superpro. Je prépare quatre paires de chaussures, aucun vêtement n'est bien plié, mais tout est propre et ma panoplie au complet. J'ai ma feuille de route, je respecte tout à la lettre, mais toujours un peu dans la panique. J'aimerais être plus ordonné, plus précis, mais quand le stress du départ me prend, je pourrais mettre n'importe quoi dans mon sac !

Lorsqu'on se marie très jeune, on a tendance à faire les choses ensemble parce qu'on a besoin de se serrer les coudes pour pallier le manque d'expérience, ce qui n'est plus le cas lorsqu'on vit une relation à un âge plus avancé. À présent, je me vois mal demander à ma copine, ou à ma femme : « Prépare-moi mon sac, s'il te plaît ! »

Ingrid, elle, l'a toujours fait sans que je lui demande. Elle semblait même fière que cette tâche lui incombe. C'était une façon de dire : « Ne t'inquiète pas, on est ensemble ! » Et dire que, lorsqu'il y avait un pli de travers, je lui faisais remarquer !

À force de partager ma vie de « rugbyman célibataire », ma femme a commencé à me détester. Pas de façon continue mais par à-coups. Une première crise s'est déclarée en 1999, lors de ma première Coupe du monde, en Angleterre, quand nous avons battu les Argentins en quart de finale. Après bien des déconvenues, nous avions réussi un bon match, et à la veille d'affronter les All Blacks en demi-finale, l'ambiance dans notre hôtel irlandais était à la fête. Pour l'occasion, nos épouses étaient venues nous soutenir. Tant que le match n'était pas disputé, elles n'avaient – en principe, car elles se faufilaient en cachette – pas le droit de nous rejoindre dans nos chambres. Mais le soir de cette victoire en quart de finale, nous avions le droit de passer la nuit avec nos femmes. Ingrid était au milieu de toutes les autres, souriante et heureuse d'un succès auquel elle se sentait associée. Chacun se demandait ce qu'il allait faire. Joueurs et membres du staff ont décidé de se retrouver, pour « se lâcher » un petit peu, avant d'affronter les Blacks en fin de semaine.

J'ai demandé à Ingrid de retourner dans sa chambre et pas dans la mienne, parce que j'avais besoin de sortir seul. J'ai vu que je lui brisais le cœur, mais je suis resté intransigeant jusqu'à ce qu'elle se détourne de moi en pleurant. À mon retour, au matin blême, je me suis allongé tout habillé sur le lit, heureux de ma soirée. Je ne me suis pas excusé. Elle avait épuisé toutes ses larmes, et m'a dit : « Tu m'aimes mal. Tu ne m'aimes pas comme un homme doit aimer sa femme. » Ingrid était droite et fidèle, mais je lui en voulais de ne pas me comprendre. Pourtant, quand nous avons vaincu les Blacks à Londres en demi-finale, je l'ai prise dans mes bras dans les tribunes et elle a éclaté en sanglots. Là, il y avait fusion entre nous. Ce fut peut-être le plus grand moment de joie que nous avons jamais partagé.

J'avais greffé sur elle tant de choses qu'elle était obligée de jouer tour à tour des rôles différents, dont les plus fréquents étaient celui de la maman, de la sœur... et on n'a pas envie d'aller faire la fête avec sa mère ou sa sœur quand on gagne un match de rugby !

Je n'ai pourtant jamais voulu parler de ma sœur à Ingrid. Elle essayait toutefois de m'aider à rouvrir le tiroir, mais je n'étais pas prêt. « Quand tu parles de Pascale, c'est toujours pour évoquer son décès. C'est trop réducteur. Pense qu'elle a existé, que vous avez passé de merveilleux moments ensemble, me disait-elle. Son existence ne se résume pas à une dernière soirée et puis plus rien ! » Ingrid m'encourageait à lui raconter des souvenirs d'enfance. Mais c'était au-dessus de mes forces. Comme si l'enfant que j'étais à l'époque avait accompagné Pascale jusque dans sa tombe. « Tu vis dans l'insécurité affective, me fit un jour remarquer Ingrid, parce que tu recherches en vain l'équivalent de tes relations avec ta sœur. Mais fais-toi une raison, ce que tu as partagé avec Pascale est unique, tout comme tes relations avec ta mère, ta femme, tes copines, doivent être uniques. Ta vie ne s'est pas arrêtée comme une pendule. Elle continue et tu ne le sens pas. Ces allées et venues entre ton passé et ton présent vont finir par t'exploser à la figure comme une bombe à retardement. »

Elle n'avait pas tort. Quand je la fuyais, c'est moi que je fuyais.

Lorsque j'ai signé avec le Stade-Français, l'été 1997, nous sommes montés à Paris tous les deux. Nous avons vécu deux mois à l'hôtel, avec mon ami Franck Comba et sa femme Katia, puis Ingrid et moi avons pris un appartement, un 45 mètres carrés à Boulogne. J'allais bien faire des petits tours avec mes nouveaux copains, et notamment les Rapetous, Moscato-Simon-Gimbert, mais l'entraînement au Stade-Français était tellement pro qu'il était inconciliable avec la vie que j'avais menée à Toulon. Sans une hygiène de vie irréprochable, il aurait été impossible de suivre les entraînements orchestrés par Bernard Laporte. J'avais choisi le club parisien pour son ambition, il fallait être à la hauteur de l'investissement demandé pour devenir champion de France : quatre-vingt-dix ans que le Stade-Français attendait la consécration !

Plus question de sortir tard le soir, ni de boire de l'alcool, je m'affalais dans mon canapé chaque soir en rentrant de l'entraînement, Ingrid se mettait en quatre pour me faire des petits plats à la fois sains et gourmands...

Nous avons pris la décision de nous marier le 25 juillet 1998, à Solliès-Pont, chez mes parents, deux mois après avoir obtenu le premier de mes quatre titres de champion de France avec le Stade-Français ; cinq mois après mon premier match en équipe de France, face à l'Angleterre la même année, le 6 février.

Cela m'était venu à l'esprit comme une nécessité l'été 1997, lors d'un repas de famille, chez moi. J'ai déclaré – sans l'avoir avertie – que j'allais épouser Ingrid, alors qu'en fait, au fond de moi, je ne voulais pas me marier. Elle avait suivi toute mon évolution en tant qu'homme et en tant que rugbyman, et malgré nos divergences de points de vue et notre mal-être respectif, nous nous sentions liés l'un à l'autre. Mais ce que j'ai voulu prendre comme le début d'une nouvelle histoire était en réalité la fin d'un cycle. Le côté paradoxal m'a sauté aux yeux le jour même de la cérémonie : on se marie pour être le plus proche possible de l'être aimé, et en fin de compte, je ne l'ai pas vue de la journée. J'ai passé tout mon temps à me préoccuper du confort de mes invités. Et finalement, quand nous nous sommes retrouvés à l'île Maurice et aux Seychelles, pour notre voyage de noces, j'avais plus de plaisir à suer sang et eau dans les salles de muscu qu'à faire de la bronzette sur la plage. Normal, je n'avais aucune envie de partir, je ne m'étais même pas soucié de la destination, j'avais laissé à Ingrid le soin de tout organiser.

Ce fut néanmoins un très beau mariage. Mes parents, qui avaient aménagé leur maison pour l'occasion, étaient heureux de marier leur fils, même s'ils nous trouvaient bien jeunes pour un tel engagement. Deux cent cinquante invités, dont Max Guazzini, le président du Stade-Français, l'homme qui a changé ma vie, Bernard Laporte, etc. Un soleil radieux, le jardin luxuriant autour de la piscine, à boire et à manger, tout pour que la fête soit parfaite. Il y avait quelque chose de grandiose et de généreux dans ce mariage. J'espérais qu'il allait tout arranger, mais pas du tout. Tous les voyants ont continué à clignoter.

Qu'avions-nous construit ensemble durant toutes ces années ? Rien. On n'avait rien construit, on n'avait fait que chercher un ancrage pour chacun entre rêve, cauchemar et réalité.

C'est elle qui a mis en route le processus de séparation. Au début, j'étais comme un dément, très en colère. Et quand, plus tard, elle a trouvé « l'homme de sa vie », j'ai dit à Ingrid, avec laquelle j'avais pourtant gardé de bonnes relations – elle est devenue mon notaire : « Ton mec, s'il ne se barre pas de Paris tout de suite, je vais le découper en rondelles comme un saucisson. » Et quand elle a été enceinte, d'une petite Emma – un prénom auquel nous avions pensé ensemble –, j'avais la rage !

Le rugby avait rapidement pris une importance croissante dans ma vie. La gloire... « médiatique » était au rendez-vous, grâce à l'effet loupe de la télévision. À l'évidence, mon jeu et ma personnalité ne passaient pas inaperçus ; mais Ingrid et moi gérions bien la situation, moi, toujours un pied à la maison, un autre dehors, dans le Paris chic. Le Paris des VIP, de la télé, des Champs-Élysées...

Ingrid trouvait ce milieu superficiel. Je n'avais plus à me bagarrer pour qu'elle me laisse sortir seul le soir, elle n'avait aucune envie de m'accompagner. Parfois, elle sortait « rue de la soif », à Saint-Germain-des-Prés, avec les autres joueurs et leurs épouses, mais pas avec moi. On se retrouvait au petit matin, et il m'arrivait de l'engueuler parce qu'elle rentrait tard !

C'est ou plutôt c'était un milieu très macho. La mentalité a évolué. Avec la professionnalisation du rugby, les troisièmes mi-temps ont évolué. Elles sont ouvertes à tous, aux dirigeants, aux médias, aux sponsors, pourquoi ne le seraient-elles pas à toutes les femmes qui le désirent ? Elles sont les bienvenues, à présent.

Par mon éducation, mes racines, je suis moi-même terriblement macho. Cela me touche beaucoup qu'une femme cuisine pour moi. C'est très important pour un homme de sentir qu'il peut se reposer sur sa femme parce que les femmes sont plus courageuses que nous face à l'adversité. On a donné aux hommes la force physique, et aux femmes la force mentale. Le couple doit se nourrir de ça. La force physique est inutile face au malheur, alors que la force mentale est ce qui permet de franchir les étapes les plus difficiles de la vie.

À l'instar de l'ensemble de la société, le rugby se féminise. Dès qu'une bagarre éclate, on s'inquiète : « Oh ! là, là ! Ils se battent, ce n'est pas bon pour l'image de notre sport ! » Mais à bien y réfléchir, cela a toujours été beaucoup plus féminin que le foot car on se touche, on se serre, on s'étreint, on se rentre dedans. C'est un sport de brutes, mais de brutes sensuelles dans leur bestialité. Les hommes du rugby ont paradoxalement en eux une part féminine beaucoup plus importante que dans les autres sports de combat.

Les mœurs ont changé en même temps que le paysage rugbystique et l'on voit de plus en plus de belles voitures autour des stades. Avant, quand un footeux sortait en Porsche ou en Ferrari, les rugbymen se foutaient de sa gueule. Maintenant, ils l'envient !

Le fait de jouer en équipe de France a modifié beaucoup plus ma vie que mon arrivée au Stade-Français. Dans le même temps, Ingrid a commencé à travailler car elle voulait « conquérir son indépendance financière ». Je ne comprenais pas cette démarche, car la plupart des femmes de joueurs étaient des femmes au foyer. J'étais prêt à lui offrir des bagues, une voiture, tout ce qu'elle voulait. Pourquoi me délaisser pour aller travailler ? Un jour, je l'ai emmenée au Salon de l'auto, je lui ai dit : « Vas-y, choisis celle que tu veux, je te l'offre ! » Elle m'a regardé, toute triste. Elle m'a dit : « Ce n'est pas ça que je veux. Je m'en fous de ta voiture, de tes bagues, c'est toi que je veux, ta présence. »

Elle répétait souvent : « Ce n'est pas d'une femme que tu as besoin, c'est d'un majordome ! »

Il s'est produit alors une chose étonnante. Plus j'éprouvais le besoin de voir notre couple se stabiliser, moins Ingrid s'occupait de moi. Quand je lui demandais par exemple un simple verre d'eau, elle me lançait d'un air de défi : « Tu as deux jambes, deux mains, tu n'as qu'à aller te le chercher toi-même ! »

Je ne la reconnaissais plus, et à la suite d'une série de petits accrochages comme celui-ci, j'ai commencé à déprimer.

Je n'avais pas encore pris conscience que j'avais déjà perdu Ingrid. Mais je constatais jour après jour que tout ce qu'elle avait toujours fait pour moi foutait le camp.

Pendant l'automne 2000, elle a pratiqué avec beaucoup de constance le relâchement volontaire : plus de cuisine, plus de lavage, plus de repassage, elle laissait tout partir à vau-l'eau, comme pour symboliser notre situation... J'étais perdu et inquiet. Toutes mes angoisses remontaient à la surface. J'ai appelé ma mère. Elle était chez nous dès le lendemain. Elle a parlé à Ingrid. Elle est descendue en pyjama jusque dans le parking pour essayer de convaincre sa belle-fille de revenir à la raison : « Tu vas m'aider à le remettre d'aplomb, parce que mon fils, là, on dirait une serpillière ! Je sais que c'est un bringueur, et un bringueur reste un bringueur, mais tu ne peux pas le laisser comme ça ! »

Quand je partais loin de la maison, j'avais des crises d'angoisse terrifiantes. J'appelais Ingrid pour lui dire que j'étouffais littéralement ! Il me venait des aphtes dans la bouche. Mais quoi qu'il lui en ait coûté, elle me tenait à distance et c'était dur à avaler, car je l'avais fait souffrir, c'est vrai, mais je l'avais toujours aimée à ma façon et protégée. Elle me laissait sombrer.

Un jour, de guerre lasse, elle résuma d'une phrase ce qu'elle ne pouvait plus garder pour elle : « Tu es mon protecteur, mon grand frère, mon papa... Tu m'as appris plein de choses et je serai toujours là pour toi, mais je n'ai plus la patience de supporter la vie que tu me proposes. »

J'ai eu à ce moment-là un réflexe assez étonnant, je me suis déshabillé devant elle, je me suis tenu debout, j'ai tendu mes mains vers elle et je lui ai dit : « Ce n'est pas vrai, tu ne peux pas m'abandonner. Tu es ma femme. Tu es à moi... » Elle a baissé les yeux et a ajouté : « Je ne t'aime plus. » J'étais sûr qu'elle mentait.

Quand elle s'est aperçue combien j'avais peur qu'elle me quitte, j'ai perdu toute mon aura à ses yeux. Elle aurait pu prendre la décision de rester. Mais plus je lui disais que je tenais à elle, et plus elle s'éloignait. Sa décision était ferme et définitive.

On était au bout de l'année 2000. Nous avons fêté Noël chez moi à Solliès-Pont, dans une ambiance hypertendue. Ingrid est partie sur un coup de tête. Je suis resté chez mes parents. Elle m'a proposé de passer comme prévu le nouvel an, chez nous, à Paris, mais que, ensuite, elle me quitterait pour de bon.

Je ne l'aurais jamais crue capable de ça et pourtant, c'est bien ce qu'elle a fait.

Pierre Césano, mon ami et kinésiologue rencontré deux ans plus tôt, venait de décéder des suites d'un cancer, Jean-Robert Fargette avait été assassiné. Le feu s'était déclaré dans mon bar et mon magasin fut cambriolé. Ingrid ne veillerait plus jamais sur moi. J'étais au bout du rouleau.

5

UNE VIE DE CÉLIBATAIRE

On m'a aimé, mais on ne m'a jamais dit ce que c'était l'amour.

J'apprends sur le tas. Avec ce que je vois, ce que je ressens, avec mes gènes. Quand je disais à Ingrid : « Je ne veux pas que tu sortes », pour moi, c'était de l'amour. On ne m'a pas appris autre chose que ce que l'on enseigne aux jeunes Corses – mon père est corse, ma mère d'origine sarde – et qui se transmet de génération en génération. Point. Maintenant, j'admets aussi que si je ne voulais pas qu'Ingrid sorte, c'était pour être sûr qu'elle serait là quand je rentrerais. Je ne voulais pas avoir à l'attendre comme j'avais attendu ma mère au bas de l'escalier. Malgré le poids de mon éducation, il faut reconnaître que je tolère beaucoup plus de choses aujourd'hui que par le passé. J'ai bien compris que les femmes de ma génération sont si différentes que si l'on ne s'adapte pas, on est mort, ou en tout cas, malheureux toute sa vie.

Mes parents travaillaient ensemble. Leurs relations étaient très conflictuelles, c'est très difficile de travailler en couple. Ils s'engueulaient pour des histoires d'employés, d'argent, etc. Ils ramenaient les soucis à la maison. Je me suis toujours dit que je ne vivrais jamais avec une femme avec laquelle il faudrait parler de travail à la maison. Et en tant que rugbyman... ma bonne résolution n'a pas été trop difficile à respecter.

Je ne suis plus marié, je n'ai pas d'enfant, je suis célibataire comme si mes parents qui sont partie prenante dans ma carrière l'étaient également dans ma vie affective. Je l'avoue : j'éprouverais beaucoup de mal à rester avec une fille qui ne plairait pas à mes parents. Ma mère estime qu'elle n'a pas trop influencé mes relations amoureuses. Mais toutes les femmes qui ont compté pour moi m'ont affirmé que c'était très difficile d'être la compagne du fils de Mme Dominici ! Ma mère veut le mieux pour moi. Quel est le mieux pour moi ? Il n'y a que moi qui puisse le savoir.

Ma mère rêve pour moi d'une femme modèle qui s'occuperait bien de ses enfants et qui serait fidèle, droite et sincère. Elle devrait aussi faire attention aux dépenses. La liste est si longue... Chez nous, dans le Sud, dans toutes ces familles, qu'elles soient italiennes ou corses, la femme, mère ou épouse, est intouchable. Les origines sardes de ma mère font que c'est elle qui a toujours tenu la maison. Elle a un grand sens de l'hospitalité. On peut débarquer à trente ou quarante, tout le monde mangera bien et, surtout, personne ne fera rien. Ma mère a toujours fait en sorte que tout soit parfait pour moi au travail, comme à la maison. Depuis le décès de ma sœur, elle ne dort pas plus de deux ou trois heures par nuit. Elle ne sait pas s'arrêter. Après une période d'inactivité, elle s'occupe de mon magasin de vêtements et je la sens revivre. Que les femmes travaillent ne me dérange évidemment pas. Ce qui me dérange, c'est que les valeurs de l'éducation foutent le camp, que les enfants n'aient plus de repères, que les familles se défassent et se recomposent ailleurs aussi facilement qu'on déménage. Avant, « la maison », « la famille », c'était quelque chose de très important. Aujourd'hui, on en change pour un oui, pour un non. On laisse ses propres enfants derrière soi, on en reprend d'autres... J'ai du mal à comprendre cela.

J'ai accepté de faire « revivre » Pascale, quand j'ai divorcé, en 2001. J'avais dix ans d'écart avec ma sœur. Quand elle est décédée à l'âge de 24 ans, j'en avais 14.

Mon ex-femme, Ingrid, avait 14 ans quand nous nous sommes rencontrés, 24, l'âge de ma sœur à son décès, quand nous nous sommes séparés. Cela faisait dix ans que nous étions ensemble. Les chiffres avaient parlé. La boucle était bouclée.

J'ai très mal vécu notre séparation. C'était comme si ma sœur m'abandonnait une seconde fois. Ingrid et moi avions grandi l'un à côté de l'autre. On s'est follement aimés, idolâtrés, vénérés. Mais nous ne formions pas un couple solide. Seule notre séparation a pu sauver notre amour. Si l'on était restés ensemble, il serait mort, et nous détruits. Cet amour immature embellit nos souvenirs et nos sentiments l'un pour l'autre sont purs et indestructibles. Je ne l'ai pas compris tout de suite...

Ingrid me faisait souvent des reproches : « Tu ne veux pas que l'on parte en vacances ensemble, tu ne veux jamais faire ceci, m'emmener là... » C'est vrai, je n'aimais pas les vacances en tête-à-tête.

J'aime séduire les femmes, pourquoi le cacher ? Même quand j'étais avec Ingrid, j'avais le sentiment que l'on pouvait aimer une femme, aimer « sa » femme, et en séduire d'autres.

Séduire est chez moi une seconde nature, une façon de me rassurer. De remédier à mon sentiment d'insécurité. Avec les hommes, je n'ai peur de rien, mais avec les femmes, je suis une vraie pastèque ! Les femmes retrouvent en moi leur côté masculin tandis que je retrouve en elles mon côté féminin.

Ce que je confie là, je ne l'ai jamais dit. Lorsque je fais l'amour, c'est le seul moment où je m'oublie, où je suis moi, où rien n'est calculé, ni prémédité, rien n'est obligé. J'ai peur du noir, je me couche très tard, me lève tard, mais mon cerveau est toujours en activité. Il pense. Il ressasse. Il prévoit. Il retourne des mots, des regards, des situations vécues de la journée. Il s'interroge, tire des conclusions, porte des jugements, s'engage dans toutes les voies entrevues, dans un mouvement perpétuel.

Quand je fais l'amour avec une femme, c'est le seul moment où mon esprit se libère, où je ne pense pas. Je donne, je câline. Je suis très fleur bleue. Amoureux fou de l'Amour et des belles femmes. Je me retrouve comme sur un terrain de rugby, je suis moi, libre et léger. Je suis vivant.

Il y a des similitudes entre faire l'amour et jouer au rugby : ce sont les seuls rares moments où tout est facile pour moi.

Mais dès que l'on me serre de trop près, je m'échappe. Seules restent proches de moi les filles qui s'attachent à moi pour les bonnes raisons. C'est-à-dire pour ce que je suis vraiment, d'une manière désintéressée. Si leur amitié est sincère, je ferai tout pour la préserver. Si elles ne me demandent rien, je leur donnerai tout ce que j'ai.

Je suis peut-être, comme on dit, un « homme à femmes ». Mais en fait, je n'ai pas le choix. J'ai toujours utilisé la séduction pour me sentir bien dans ma peau, sûr de moi. Comme s'il me fallait passer par le regard des femmes pour comprendre l'essentiel. Le phénomène s'amplifie au fil des années, avec le temps, l'âge, l'expérience, et peut-être – je le redoute un peu – la notoriété.

Il y a des filles dont je tombe amoureux fou... quelques jours seulement, d'autres qui deviennent des amies pour la vie, d'autres encore qui s'attachent à moi bien que je n'aie rien à leur promettre. Et dans ces moments-là, je suis très mal parce que je me retrouve souvent obligé de faire de la peine à des filles qui ne demandent qu'à me faire du bien. Je suis moi-même renvoyé à mon rêve paradoxal. Quelque part sur l'équateur, j'ai le regard porté vers le pôle Nord où se matérialise une belle famille, une jolie femme, intelligente et généreuse, me donnant à aimer une armada d'enfants ; et à l'autre extrémité de la Terre, tout à fait au sud, des femmes toutes plus sexy, plus tendres et mystérieuses les unes que les autres, prêtes à m'aimer pour une nuit seulement, une nuit inoubliable, et plus si affinités.

Pour moi le sexe a toujours été un acte important, tendre et respectable. C'est quelque chose de pur et de beau que j'ai dans le sang, une forme d'expression, un désir de dialogue entre deux corps, plus fort que les mots. Le sexe est plus fort que la raison et si ce n'est pas le cas, autant cultiver une amitié émotionnelle. L'amitié, c'est de l'amour sans le sexe !

Mes relations avec les femmes sont du coup un petit peu compliquées... Je ne suis pas un ange, je le sais. J'ai l'impression que les filles m'aiment plus pour mes défauts que pour mes qualités. Pour mes errances, plutôt que pour ma force. Pour mon côté immature, plus que pour ma virilité. Une fille me disait souvent : « Je ne sais pas comment j'ai fait pour tomber amoureuse d'un fantôme ! »

J'ai constaté que l'on tombe plus volontiers amoureux du déséquilibre et de la fragilité des gens que de leurs atouts. Comme je l'ai dit plus haut, les yeux sont le miroir de l'âme et l'on est tous des psychologues plus ou moins pertinents. De simples regards permettent de reconnaître ceux avec qui l'on a envie de partager quelque chose, comme eux trouvent en moi un reflet de ce qu'ils sont, et s'ouvrent alors beaucoup plus aisément qu'ils en ont l'habitude.

Je suis un « homme-enfant » qui commence seulement maintenant, à la veille de terminer sa carrière de sportif de haut niveau, à se mettre en face des réalités.

Je ne pense pas être encore un homme mûr, malgré mes 35 ans, toutes mes blessures à l'âme, mes cicatrices sur le corps.

J'assume beaucoup de choses, mais j'ai du mal à concilier les deux paramètres : privé et professionnel. Si je suis sincère, je dois reconnaître que, cette année, je donnerai priorité à la Coupe du monde.

Il n'y aura pas de place pour un amour absolu tel que j'en rêve. Et je n'aurai pas le temps ni l'envie de traiter une femme comme il se doit. J'ai si peur de vivre un deuxième échec ! J'espère ne pas retomber amoureux avant la Coupe du monde, car je sais à l'avance que je serai invivable. Plus l'échéance approchera, et plus je me replierai sur moi-même pour aller chercher la force au fond de mes tripes.

Certains parlent d'une sorte de jouissance à marquer un essai, poser le ballon dans l'en-but, moi pas du tout. J'ai beaucoup trop de pudeur pour cela. Quand je marque un essai, je m'extériorise peu. Je garde ce plaisir en moi. J'ai vécu deux Coupes du monde, avec une femme en coulisse pour me soutenir. En 1999, avec Ingrid, et en 2003, avec une jeune femme que j'ai beaucoup aimée, Nat', Nathanaëlle. Nathanaëlle m'a accompagné dans l'hémisphère Sud lors de la tournée 2003. Notre relation a duré plusieurs années. On a rompu, on s'est revus, on a rompu à nouveau. Quand on se retrouve, c'est toujours avec beaucoup d'émotion puis on devient comme chien et chat... J'ai vécu avec elle un amour passionnel extrême, irraisonné, et peu apprécié par mon entourage. Entre nous, c'était du genre « Ni avec toi, ni sans toi » !

On lui reprochait de partir n'importe quand n'importe où, mais moi j'étais attiré par ses côtés excessifs, impulsifs, emportés, presque sauvages. Elle est belle comme un cœur, et quand elle pose sa main sur moi, elle m'électrise. Je me suis reconnu en elle comme en aucune autre femme.

Je l'ai rencontrée à Saint-Tropez, durant l'été 2002. Une période noire pour mon rugby, preuve que je me suis souvent trouvé face à un système de vases communicants entre l'affectif et le sportif. Je n'arrive pas à trouver l'équilibre et à investir durant la même période dans l'un comme dans l'autre avec la même intensité.

Il y a des sportifs qui se sentent inspirés par l'amour et c'est vrai qu'une femme peut influer sur la carrière d'un champion. Si je n'avais pas connu Nathanaëlle, je n'aurais jamais participé à la Coupe du monde 2003. Elle m'a permis de me restabiliser, de me recentrer, de relativiser, et de croire en mes ambitions. On se ressemble énormément dans l'excès comme dans la raison et la réalisation des objectifs. Elle m'a fait du mal, je lui ai fait du mal, mais on ne rencontre jamais les gens par hasard.

Si j'ai fait ce bout de chemin chaotique avec elle, c'est qu'elle m'a apporté beaucoup, en particulier le courage d'aller vers l'autre, de retrouver un peu de l'amour à haute dose que j'avais perdu avec le départ d'Ingrid.

Même si elle n'a pas été appréciée de mes proches, elle s'est arrangée pour faire rebattre mon cœur. Un amour exclusif à deux n'est jamais très bien vu. Notre amour avait un sens quand nous étions seul à seul, mais il se perdait dès que nous sortions de notre bulle.

Alors que j'avais « caché » Ingrid, j'ai beaucoup montré Nathanaëlle.

J'ai beaucoup de mal avec les séparations. Je me demande comment les gens qui se séparent d'un être aimé peuvent vivre bien par la suite. Est-ce qu'ils cessent d'aimer sur commande ? Est-ce que leur vie devient d'un seul coup plus facile ? Les gens que j'ai aimes, je les aimerai toujours, et ceux que j'ai perdus continuent à vivre au quotidien dans mon cœur et mon esprit.

Une vie de célibataire

Fonder une famille est la seule chose qui me fasse plus envie que de gagner la Coupe du monde. Si l'on me disait : « OK, tu gagnes la Coupe du monde, mais tu resteras célibataire toute ta vie et tu n'auras pas d'enfants », je n'y participerais pas.

6

Et soudain, j'ai vu Jean-Luc Sadourny en smoking...

En matière de rugby, mon premier grand choc remonte à 1993. J'étais joueur à Toulon, et j'avais disputé un match en équipe de France A, au stade Jean-Bouin (qui sera le cadre de mes débuts au Stade-Français quatre ans plus tard), tandis que l'équipe de France avait joué au Parc des Princes. Nous étions sortis le soir et à l'époque, les joueurs ne se retrouvaient pas au VIP, mais au Bach. J'avais été littéralement subjugué de voir descendre Sadourny, si élégant dans son smoking. Tout le monde le regardait avec des yeux pleins d'admiration. Je ne pensais pas jouer un jour en équipe de France, mais en rentrant chez moi, j'ai dit à ma mère : « C'est ça que je veux faire ! »

À l'époque, j'étais entraîné à Toulon par Manu Diaz. Il avait un tempérament aussi fort que moi j'étais léger physiquement. Il me serrait la vis, puis petit à petit, la desserrait pour me redonner un peu de champ.

Quand je suis arrivé à Paris à l'automne 1997, Bernard Laporte, alors jeune entraîneur, a procédé avec moi de la même façon : il m'a d'abord beaucoup serré, puis laissé m'exprimer petit à petit. Il a changé ma façon d'aborder le rugby. Il avait tout compris au jeu.

On nous prête une grande intimité avec Bernard, mais nous n'avons jamais beaucoup parlé ensemble. Trop de pudeur de part et d'autre. Quand il a endossé sa tunique d'entraîneur de l'équipe de France, son statut a changé et son rapport avec les joueurs également. Il a été obligé de prendre de la distance. Même avec moi. Entre 2001 et 2003, il ne m'a pas sélectionné pendant dix-neuf mois. Je voulais l'étrangler. Mais à mes interrogations, il répondait froidement : « Les autres sont devant toi ! »

Je me souviens avec émotion de notre première vraie rencontre, quand je suis monté à Paris avec Franck Comba pour rejoindre l'équipe du Stade-Français, et je me dis qu'au final, le fait de m'avoir repoussé à certains moments de ma carrière internationale me permet aujourd'hui d'envisager sereinement la prochaine Coupe du monde. Force est d'admettre que je n'aurais peut-être pas pu encaisser quatre-vingts sélections chez les Bleus, et si j'avais joué davantage, je serais peut-être complètement cramé à présent, alors que je me sens, au contraire, à mon zénith.

Mon premier contact avec l'équipe de France remonte à 1995 lors d'un stage hivernal aux Ambiers. Sur une idée d'André Herrero, j'avais été appelé à remplacer David Berty. Je suis arrivé là assez détaché, conscient que je n'avais absolument pas le niveau technique pour rivaliser avec les autres. Je commis durant cette semaine un nombre de fautes de mains incalculable.

Je n'ai été sélectionné pour la première fois qu'en 1998, à l'occasion du premier match disputé au Stade de France, face à l'Angleterre, pour l'ouverture du Tournoi des Cinq Nations.

Cela faisait un petit moment que l'on parlait de moi dans la presse, mais tant que l'on ne m'avait rien dit officiellement, je n'y croyais pas. Le jour de l'annonce de la sélection, j'allumai mon portable, il y avait déjà quinze messages, dont le premier était de Max Guazzini qui avait le fil de l'AFP dans son bureau. Le lendemain du match, je me suis rendu chez lui avec mon père, ma mère et des proches qu'il a invités très gentiment à prendre place dans le salon. Et tandis qu'il préparait les boissons dans la cuisine, j'ai sorti mon premier maillot de l'équipe de France que j'avais caché et je le lui ai tendu. Il fut ému aux larmes, parce qu'il est l'un des rares à savoir ce que peut représenter un premier maillot chez les Bleus. Il m'a regardé et je lisais dans ses yeux : « Tu as du cœur et je suis touché », mais il m'a dit : « Donne-le à tes parents. C'est à eux qu'il doit revenir. Tu auras tout le temps de m'en donner un autre ! »

Notre profonde amitié est née de là, à cet instant précis.

Je suis arrivé chez les Bleus dans un contexte un petit peu particulier. L'équipe de France sortait d'une débâcle face à l'Afrique du Sud. Les sélectionneurs en avaient profité pour donner leur chance à de nouveaux joueurs dont je faisais partie. Cette équipe devint un mélange d'enthousiasme, de fougue, de générosité et d'expérience avec des hommes qui ne se connaissaient pas forcément bien, mais qui avaient tous à cœur de se prouver des choses. Et l'amalgame a parfaitement pris.

C'est Jean-Claude Skrela qui m'a fait débuter, mais je n'étais qu'un parachuté. Quand on débute avec les Bleus, on doit rester le plus en retrait possible. Le droit d'ouvrir sa gueule, cela se gagne avec les années, sur le terrain.

Nous avions passé une bonne semaine ensemble à Clairefontaine avant la rencontre dont le déroulement risquait d'être compromis à cause du gel. Le jour J, nous nous sommes finalement tous retrouvés au centre de la pelouse, devant 80 000 personnes. J'ai écouté religieusement ma première *Marseillaise* au Stade de France.

La lourde responsabilité d'une première sélection pesait sur mes épaules, mais j'ai réussi à faire un très bon match malgré la pression. Je cessais soudain d'être spectateur pour devenir acteur. Tout ce que j'ai fait et ressenti, je l'ai vécu dans l'instant présent, et rien que pour moi. Et le match s'est finalement déroulé comme dans un rêve avec un essai marqué, un autre refusé, mais une belle victoire finale de la France (24-17), le 7 février 1998.

Il y avait beaucoup de pression et de passion dans ce match. Un jour comme celui-là, c'était géant pour moi. Au bout de dix-neuf minutes, Sadour (Jean-Luc Sadourny) créa le surnombre. Grâce à deux crochets, je clouai sur place Richard Hill et Mike Catt pour signer mon premier essai en bleu. Moi, le gamin de Solliès-Pont, je venais d'entrer par la grande porte dans l'histoire du XV de France. C'était la consécration de dix ans de travail. Dans les moments difficiles, je repense plus volontiers à cet essai-là plutôt qu'à celui marqué contre les Blacks en 1999 et qui est pourtant l'essai qui a fait ma notoriété.

Quinze jours après, le 27 février, nous gagnâmes le second match, 51-16, en Écosse.

La France, cette année-là, a réussi le Grand Chelem, mais sans moi. Je n'ai pu poursuivre l'aventure car je me suis blessé au métacarpe, à la veille d'affronter l'Irlande. Mais les gars ne m'ont pas oublié, puisque, à l'heure de fêter leur succès, ils m'ont invité à les rejoindre chez Guy Savoy, à Paris.

Au printemps 1998, j'ai obtenu avec le Stade Français mon premier titre de champion de France, et dans la foulée, je suis parti en tournée avec l'équipe de France.

Arrivé aux îles Fidji, je suis tombé malade. Nous jouions contre les Fiji Warriors, des hommes-cubes monstrueux. La pelouse était catastrophique et à chaque glissade, on se râpait tout le corps. On avait peur d'attraper des infections.

Au retour de la tournée, lorsque Jean-Claude Skrela a redonné le groupe d'automne, je n'étais pas sur la liste.

Heureusement, j'ai pu jouer avec les Barbarians. Il s'agit d'une sélection honorifique pour les matches amicaux internationaux. Les Barbarians français sont un club très fermé créé par des joueurs du Grand Chelem 1977 : Rives, Fouroux, Blanco, etc. Aujourd'hui, cela permet à des joueurs prometteurs de disputer des matches contre des sélections internationales et de se faire remarquer. Par tradition, chaque joueur porte le maillot des Barbarians, mais conserve les chaussettes de son club. Quand on parle « d'esprit barbarian », cela signifie que l'on défend le beau jeu et que l'on fait preuve d'une certaine élégance morale. C'est un club qui n'a pas de siège à proprement parler, mais qui grandit, sous la houlette de Serge Kampf – le fondateur de Cap Gemini – lequel investit beaucoup d'argent personnel pour que cette belle histoire perdure. En 1977, le rugby n'était pas professionnel et tout était plus facile pour les Barbarians. À présent, les cadences sont telles que les présidents de club, qui ont la hantise des blessures, ont du mal à libérer leurs joueurs. C'est problématique. Mais Serge Kampf, qui est un passionné, continue son œuvre en offrant à l'équipe des conditions de jeu particulièrement confortables. Serge Kampf est ainsi une personne qui a beaucoup compté, et qui compte toujours beaucoup dans ma carrière. Une personne qui m'a toujours fait confiance.

Avec les Barbarians à Bourgoin, j'ai marqué deux essais contre l'Argentine et Jean-Claude Skrela m'a alors rappelé pour disputer le dernier test-match contre l'Australie avec l'équipe de France. Mais je me suis blessé à nouveau, à l'épaule droite cette fois. Je me suis fait opérer à Paris et je suis retourné me reposer dans le Sud, la mort dans l'âme. Il faudra attendre l'année suivante, le Tournoi des Six Nations, pour retrouver l'équipe de France, le 20 mars 1999, une nouvelle fois, contre les Anglais.

Entre ces deux premiers tournois de ma carrière, je suis devenu pour la première fois champion de France avec le Stade-Français. J'étais alors au comble du bonheur, ignorant que la Coupe du monde, qui aurait lieu à l'automne 1999 dans les îles Britanniques, allait changer ma vie en un seul match : notre victoire historique sur les All Blacks en demi-finale.

7

Max et Bernard

Je dis toujours que, sans Max Guazzini, je ne serais pas ce que je suis aujourd'hui. Il prétend que je me trompe, mais je sais très bien ce que je lui dois, depuis le jour où Franck Comba, Christophe Moni et moi avons décidé de jouer pour le Stade-Français.

J'étais ami avec Franck depuis son arrivée à Toulon. Il avait quitté le club d'Hyères, et nous sommes vite devenus inséparables, moi à l'aile et lui en deuxième centre. Ce qui nous a unis, c'est que nous avions autant de mal à nous confier l'un que l'autre, mais paradoxalement, nous avions le sentiment de n'avoir aucun secret. Sur le terrain, c'était l'entente parfaite, et en dehors aussi. Nos troisièmes mi-temps furent grandioses.

On s'amusait jusqu'au petit jour, avec l'impression d'avoir pris au moins une belle revanche sur la vie.

C'est quelqu'un qui, comme moi, a beaucoup souffert. Il a connu une enfance difficile, avec des problèmes à régler. C'est une amitié instinctive et ponctuelle. Nous avons connu des moments très forts, notamment quand il a quitté le Stade-Français. J'ai alors eu le sentiment qu'il n'y aurait plus personne pour veiller sur moi, comme au bon vieux temps de Toulon où je ne pensais qu'à mettre des « tartines » aux adversaires dix fois plus costauds que moi ! L'époque où j'étais fier de jouer « à la toulonnaise », même si cela nous coûtait quelques pénalités !

Aussi surprenant que cela puisse paraître, je n'ai pas noué de grandes relations d'amitié avec d'autres joueurs. Ce n'est pas une question de rivalité, pas du tout, mais il y a une différence entre les connaissances, les bons copains que j'ai côtoyés dans le rugby, avec qui j'ai fait de grandes troisièmes mi-temps, et la véritable amitié.

Ce que j'appelle l'Amitié, c'est quelque chose de beaucoup plus fort et durable.

Celle qui me lie à Max Guazzini, « mon » président, s'écrit avec un A majuscule.

C'est Pierre Trémouille, ancien joueur de Toulon et futur entraîneur du Stade-Français, qui nous avait mis en relation, Franck et moi, avec Max Guazzini. Il lui avait donné mon numéro de téléphone mais Max n'avait pas jugé utile de me rappeler. Il ne me connaissait pas. Mais devant l'insistance de Pierre Trémouille, Max a finalement accepté de nous rencontrer : « Bon, bah, fais-les monter, on verra bien ! »

Nous voulions tout simplement devenir champions de France, et l'on voyait bien que Toulon ne se donnait pas les moyens d'y parvenir. Il n'y avait aucun projet sportif, l'objectif était seulement le maintien en première division. Nous avions donc fait un pacte, Franck et moi : si un club contactait l'un de nous deux, la condition *sine qua non* pour accepter la proposition serait que l'autre puisse venir aussi.

Soit on restait, soit on partait. Mais ensemble.

Nous avons eu des contacts avec plusieurs clubs, dont un club italien, Grenoble, Brive et d'autres, mais c'est finalement à Paris que l'on a atterri. Le jour de notre arrivée, Bernard Laporte nous attendait à l'aéroport.

Max m'avait vu jouer en France B et il m'avait trouvé des qualités « d'explosivité ».

Il a tout de suite cherché à canaliser mon côté foufou, même s'il me considérait dans le groupe comme le boute-en-train de service, le meneur, le malin, le chambreur, toujours prêt à mettre de l'ambiance. Mais aussi, dans l'adversité, à tirer les autres vers le haut.

De l'aéroport, nous sommes allés directement chez Max Guazzini. Son discours fut clair et percutant. Nous avons aussitôt compris que les moyens mis à la disposition des nombreux joueurs recrutés étaient à la hauteur de l'ambition de Max : décrocher au plus vite un titre de champion de France, et si possible, enchaîner par un titre tous les ans. Il y avait une forte concurrence pour chaque poste à l'intérieur même du club. C'était du sérieux, pas des paroles en l'air !

Ce n'était pas la première fois que je rencontrais Max. Je l'avais croisé à Jean-Bouin, en 1995, à la veille de France-Angleterre. Il ne m'avait même pas remarqué. Deux ans après, je me retrouvai chez lui avec Franck Comba, et il ne savait pas qui était qui. Il avait vu jouer Franck dans un match à Albertville, alors que celui-ci avait les cheveux très longs. Là, il avait les cheveux courts, et Max n'avait plus aucun moyen de nous différencier.

Pour mon cas, il s'était renseigné auprès de Claude Dourthe, un ancien international, père de Richard. Max nous a pris chacun en tête-à-tête pour un entretien sur nos réelles motivations. J'ai dit que je désirais être champion de France, que je ne voulais pas louper le train du professionnalisme. Il m'a fait une proposition de contrat et en me quittant, il m'a dit en rigolant : « Pas la peine d'en parler à Comba, je vous ai fait la même ! » Il savait que Franck et moi chercherions à savoir s'il avait fait une meilleure proposition à l'un qu'à l'autre ! Nous sommes repartis à Toulon et quinze jours après, nous remontions à Paris pour finaliser le contrat.

Je me suis assez vite affirmé. Nous sommes allés faire un stage en Angleterre, puis avons disputé un match à Castres où je m'en suis bien sorti, malgré quelques supporters adverses qui me tapaient sur la tête avec des parapluies !

J'avoue que j'ai toujours été impressionné par la stature, la démarche et la façon de parler de Guazzini.

C'est un homme grand, un peu froid au premier abord, distant. Mais quand on commence à le connaître, on sent vite que l'on a affaire à quelqu'un d'hypersensible. Nos origines méditerranéennes (il est toscan) nous ont permis de nous comprendre plus facilement. Il a beaucoup à dire sur le plan affectif, mais il préfère se taire et dépenser toute son énergie dans le travail. Quand il a un projet, il se démène pour le réaliser, et comme c'est un véritable visionnaire, il a accompli de grandes choses.

Le premier calendrier du Stade-Français, paru en 2000, avec les joueurs quasiment nus dans des positions lascives, il fallait y penser, et il fallait oser le faire !

J'ai adhéré au projet dès le premier opus. Ce fut un scandale, beaucoup y virent une provocation gratuite, et maintenant, cela passe. À tel point que je n'ai pas hésité quand le photographe m'a demandé de poser entièrement nu. Depuis, nous sommes imités par de nombreux sportifs dont les footballeurs et même les stewards et les maçons.

Ce calendrier qui remporte tous les ans un méga-succès commercial n'a pas bouleversé ma vie, mais cette expérience a été bénéfique. Cela m'a permis de me sentir mieux dans ma peau, et de susciter l'intérêt des médias et des sponsors non spécialisés.

Cette nouvelle reconnaissance était comme une récompense de mon travail, sans compter toutes les lettres sympas que j'ai reçues, dont une très drôle d'une dame d'un certain âge qui demandait à voir ce qu'il y avait sous la serviette-éponge posée pudiquement sur moi !

Mais ce calendrier a surtout changé le rugby et le regard des gens sur notre sport, et en particulier celui des femmes. C'était d'ailleurs le but. Max a voulu casser le cliché qui consistait à faire du rugby un sport de brutes épaisses, dépourvues d'élégance. Cela a contribué, avec les paillettes, le disco, la voiturette pour amener le *tee* au moment des pénalités, les pom-pom girls, la gratuité des accès aux tribunes au tout début, à rendre cette discipline refermée sur sa légende, plus populaire, plus moderne, plus accessible à tous les publics.

Nous étions répertoriés dans un registre plutôt négatif – le rugbyman est un imbécile, balourd et moche – et grâce à cette campagne de promotion, nous sommes arrivés à véhiculer une image beaucoup plus positive : le rugbyman est beau gosse, charmeur et effronté. Capable de faire preuve d'un humour au deuxième degré.

Je l'ai vécu, et nous l'avons tous vécu, à Paris du moins, comme une valorisation de notre sport et de nos personnes.

Max a osé. Il a tenté un pari qui a réussi, et dont il peut être fier. Ce n'est pas tous les jours facile de travailler avec lui parce que c'est un homme excessif, exclusif. Quand je lui tiens tête, il dit que je fais ma « starlette » ! Mais je pense que quoi qu'il arrive, je pourrai toute ma vie compter sur lui. Et inversement.

Max occupe un rôle capital dans la gestion de ma carrière, dans mes choix, et dans ma vie privée. Au moment de ma dépression à la suite du départ d'Ingrid, il était à mon chevet à l'hôpital, alors qu'il ne va jamais voir les joueurs à la clinique, comme il ne se rend jamais à leur mariage. Pour moi, il fait toujours des exceptions.

Quand il a croisé ma mère dans le couloir, il était effondré : « C'est incroyable, il n'y a plus de vie dans ses yeux ! » lui a-t-il lancé. Plus tard il m'a avoué : « Tu avais les yeux complètement enfoncés et la tête de quelqu'un atteint d'une très grave maladie, pratiquement en phase terminale. Je me suis demandé si tu pourrais un jour rejouer au rugby. »

Il m'a aidé à me reconstruire, petit à petit. Il a, comme il dit, « fait ce qu'il a pu ». Il m'a remis sur les rails sans brûler les étapes, et voilà. Je lui dois beaucoup. Qu'est-ce qui fait que des hommes s'apprécient ? Pourquoi peut-on développer avec certaines personnes une amitié de dix ans, alors qu'on ne peut pas rester plus de trois minutes à côté d'une autre ?

Je suis un peu le chouchou de Max, et je n'en fais pas mystère. Je le suis parce que je suis clair avec lui, dans ce que je lui dis, dans ma façon d'être, comme il l'est avec moi. Je suis comme lui, j'ai du mal à cacher mes véritables sentiments. Quand j'aime une personne, je le dis, et quand je n'aime pas, cela se voit. Il y a en lui comme une tristesse indéfinissable, une fragilité qui me touche, et dans laquelle je reconnais ma propre souffrance.

Max a traversé une période difficile au printemps 2006. Il venait de perdre sa maman, la gestion du Stade-Français lui pesait lourdement sur les épaules. Je suis allé dormir chez lui le temps que passent ses crises d'angoisse. Comme ce fut le cas pour moi, il avait la sensation d'étouffer littéralement. On court aux urgences, et une fois entre les mains des médecins, on apprend que « ce n'est rien, juste un peu d'angoisse »...

J'imagine que je suis un peu le fils qu'il aurait aimé avoir. Il aime ma compagnie parce que je suis plus jeune que lui, mais que l'on peut parler de tout, et pas seulement de travail.

Il me dit parfois : « Je t'aime comme un fils » et cela me fait du bien. Ou encore : « Tu es mon préféré. » Lorsque nous posons pour la photo traditionnelle du club, il m'appelle : « Ta place est devant moi. » Depuis plusieurs années, on peut le constater sur les photos, les posters ou sur le site Internet, je suis toujours assis devant lui, ses mains sur mes épaules. C'est le symbole de notre amitié, dont nous ne faisons pas étalage. Quand il me confie un secret, je ne le répète jamais à personne. Quand il sollicite mon avis sur un de ses nombreux projets, par exemple le lancement des maillots roses, ou les maillots bleus à fleurs de lis, et que je lui dis : « On fonce », Max fonce. Si j'avais eu des doutes, si j'avais estimé que les joueurs seraient mal à l'aise avec ces maillots, ils ne seraient pas sortis des cartons. Max est un homme de communication, mais avant tout un président pour qui le bien-être des joueurs l'emportera toujours sur le marketing.

On adore prendre des paris complètement fous, sur tout et n'importe quoi. Je lui affirme : « Tu possèdes telle vidéo de tel match dans ton bureau ! » Il m'assure le contraire et me propose un gros pari... Pas 50 euros ! Sûr de moi, je l'accepte, et quand on va vérifier, la plupart du temps, c'est lui qui a raison. Il empoche la mise, hilare. On a beaucoup de complicité avec Max, nos secrets, et nos superstitions. Avant un match important, je lui demande s'il a placé ses gris-gris à l'endroit convenu. Il me rassure : « T'inquiète ! Je l'ai fait. Et toi ? » « Moi aussi. C'est bon ! » Personne n'est au courant.

Sur notre relation circulent des rumeurs calomnieuses et déplacées, selon lesquelles nous aurions eu des relations amoureuses. Les gens croient ce qu'ils veulent, peuvent baver comme ils veulent, cela ne me dérange pas.

À un proche qui lui demandait s'il m'aimait comme un fils, comme un copain, ou comme un frère, Max s'est contenté de répondre : « Pour moi, c'est Domi. » Pour lui, ça veut tout dire. Il dit de moi que je suis touchant parce que je veux toujours aider les gens. Je suis peut-être son préféré, mais aussi celui qui l'énerve le plus, et je sais très bien quand j'y arrive ! Je l'appelle et il me raccroche au nez, sûr et certain que je fais exprès de l'emmerder. Quand je déclare : « Pourquoi pas Toulon ? » pour terminer ma carrière, je sais très bien que cela va être repris en gros titre ! Je le dis parce qu'une partie de moi le pense, que cela aurait une certaine logique puisque mon histoire a commencé là-bas, mais lui croit que je ne cherche qu'à le contrarier. Peut-être parce qu'il sait que, en réalité, je n'ai pas envie de quitter le Stade-Français.

Plusieurs grands clubs m'ont déjà fait des propositions que j'ai toujours refusées, par fidélité, parce que je suis attaché à l'esprit du Stade-Français et c'est pourquoi j'accepte de prendre des jeunes sous mon aile.

Et Max me pousse dans cette voie. Je conseille notamment Djibril Camara. C'est un cadet doué, que je guide un petit peu dans ses premiers pas sur et en dehors des terrains. Je lui ai demandé par exemple de m'accompagner aux Étoiles du sport, un événement annuel qui regroupe pas mal de champions de plusieurs disciplines.

Un samedi matin de bonne heure, je reçois un texto de Max : « Vu Djibril jusqu'à 1 heure du matin dans une boîte de nuit alors qu'il joue dimanche !!! » J'ai répondu : « Normalement, il ne devait pas jouer dimanche. Il ne l'a su que ce matin ! »

Le trait de ma personnalité qui agace le plus Max, c'est mon retard systématique à tous mes rendez-vous : « Domi arrive toujours à la bourre », se plaint-il. Mais perfide, il remarque : « Un peu moins depuis qu'il vise la Coupe du monde. Cette année, comme par hasard, il est à l'heure aux entraînements ! »

Un jour où nous étions en stage à Cannes-Mandelieu, il a fait partir le bus sans m'attendre. Il a fallu que je rejoigne l'équipe au stade en footing !

Je suis peut-être son préféré, mais il ne m'épargne rien ! Il prétend que je n'ai aucun goût pour m'habiller ! Il me répète : « Tu penses que tu t'habilles superbien, mais en fait, tu t'habilles très mal. C'est dommage pour quelqu'un qui a des magasins de vêtements pour hommes ! Tu t'imagines que tu es très *fashion*, mais tu n'es qu'un *fashion* des bacs à sable ! »

Pareil pour ce sondage de *Rugby magazine*, où il apparaît que je suis le rugbyman préféré des femmes : « C'est quand même étonnant, commente-t-il à des proches avec un sourire en coin, parce que franchement, je ne sais pas ce qu'elles lui trouvent ! De gueule, il n'est pas terrible. Remarquez, Gainsbourg n'était pas très beau non plus et il a eu de très belles femmes ! » Ça, c'est tout Max !

Max devrait m'accompagner dans ma reconversion. Travaillerons-nous ensemble ? Ou est-ce que, lorsque la fin de ma carrière sonnera, nous resterons simplement des amis ?

À mon arrivée à Paris, j'ai découvert sous sa coupe un autre rugby. À peine avais-je réussi à quitter Toulon, ma famille et mes amis d'enfance que je devais expérimenter ce que « rugby pro » voulait dire. Entraînements planifiés et intensifs, séances de musculation, footings, hygiène de vie irréprochable, obligation de résultats : je n'avais jamais autant travaillé ! Pour compléter mon alimentation, j'ai consommé de l'alburone. Un produit destiné habituellement aux personnes qui suivent une chimiothérapie et ne peuvent se nourrir convenablement, mais qui ne figure pas sur la liste des produits interdits par le CIO. Il s'agit d'un complément alimentaire qui n'a rien à voir avec la créatine ou tout autre produit suspect.

Dès le début, nous formions une équipe assez hétérogène, qui ressemblait à « une armée mexicaine », comme disait Laporte qui nous menait à la dure. Il n'y avait qu'un seul mot d'ordre : la rigueur dans le travail. Un jour, dans les vestiaires, il placarda une affiche avec nos têtes dessus. La moitié était barrée d'une croix au feutre noir. Pas de commentaires !

Au Stade-Français, on n'a pas le droit de se laisser aller. Si je reconnais avoir l'âme d'un bringueur, je suis aussi un gros bosseur. Lorsque, au cours d'un entraînement, je n'ai pas le sentiment d'avoir tout donné, je ne suis pas satisfait. La musculation, il faut que ce soit difficile, il faut transpirer, il n'y a pas de miracle, ni de produits miracles ! Lors des séances de PMA (Puissance maximale aérobie, une préparation physique hyper-poussée), j'ai le chalumeau dans la poitrine, envie de vomir, et d'une certaine manière, j'adore.

Nous avons également recours à l'isocinétique, une technique d'évaluation qui mesure le rapport force musculaire-vitesse angulaire. Elle permet de cibler ce que l'on souhaite muscler : les épaules, les lombaires, le gainage... Et d'améliorer l'échange haut-bas du corps. Cela m'a permis, par exemple, de constater que pendant les courses, mon corps n'enregistre pas de déperdition dans l'effort. Tout ce travail accumulé en dix ans consolidé par les nouveaux moyens techniques explique ma longevité.

On peut de nos jours progresser physiquement d'une manière pointue et efficace, alors qu'avant, nous n'avions pas conscience de tout cela. Il est possible aujourd'hui pour chacun d'entre nous de travailler à la carte. On favorise les étirements (le stretching) qui aident à prévenir les blessures. Un travail spécifique sur les triceps permet de faire des raffuts plus efficaces. Bref, nous sommes aujourd'hui capables de répondre en tout point aux exigences du rugby moderne.

Avec l'expérience, ce qui me paraît primordial, c'est de donner du sens à ce que l'on fait. C'est ce qui me permet d'évoluer, de toujours avancer et d'essayer de rivaliser avec les plus jeunes.

Quand on commence, comme moi, à jouer au rugby en 1993 et qu'en 2007, l'on est encore là à jouer avec des minots de 20 ans sur les lignes arrière... Il faut y prendre beaucoup de plaisir.

Alors évidemment, dès que l'on parle de performances physiques, aussitôt les gens pensent au dopage. Et quand c'est vous qui avez bossé pendant tant d'années, de façon irréprochable, ça vous irrite un peu quand même...

Je n'ai jamais eu de suspicion sur un joueur du championnat de France, ni sur un gars de l'équipe de France.

Lorsque j'ai fait ma déprime fin 2000, on m'a énormément critiqué, on m'a jugé, traîné dans la boue, en prétendant – entre autres – que j'étais dopé parce que j'avais pris 8 à 10 kilos de muscles.

Et aujourd'hui encore, cela doit jaser : « Comment fait-il pour courir toujours aussi vite à 35 ans ? » Mais sincèrement, je n'ai pas d'autre réponse que celle-là : Je sais ce qu'il faut faire pour être au top. Je sais pourquoi je veux être au top, et je suis motivé par la réussite. En tout cas, par tout ce qui ne dépend que de moi.

J'ouvre ici une parenthèse pour dire que le dopage est à la fois le plus grand fléau et le grand fantasme du sport, et si je ne doute pas une seconde qu'il y a des athlètes dopés dans tous les sports, la suspicion généralisée règne aujourd'hui. Dès qu'il y a performance, il y a doute, comme dans certains milieux où, dès qu'une femme réussit, on dit qu'elle a « couché » pour obtenir son poste.

Au Stade-Français, nous avons vécu la tourmente au moment de « l'affaire » Peter De Villiers, international stadiste, d'origine sud-africaine, accusé d'avoir absorbé de la cocaïne et de l'ecstasy, avant que son dossier ne se referme sur un vice de forme. Les produits qu'il avait absorbés n'avaient pas à être pris en compte car il avait été contrôlé hors compétition.

Un jour de février 2003, où je m'étais levé extrêmement tard, j'arrivai au club la gueule enfarinée. C'était l'effervescence : « Tu as lu ce qu'il y a marqué dans *L'Équipe* ? "Peter mis en accusation pour dopage." »

J'étais interloqué. Je connais Peter par cœur, je connais ses valeurs, ce qu'il a au fond de lui-même... Je tombais des nues !!! À la lecture de tels articles, des doutes s'immiscent et les regards changent, la méfiance s'impose parce qu'on a tous des préjugés en tête. Quand un gars m'annonce : « Je suis cycliste professionnel », je me demande automatiquement s'il est dopé, parce qu'il y a eu dans ce sport tant de cas de dopage, depuis tant d'années, qu'on ne peut s'empêcher de faire l'amalgame entre cyclisme et dopage. S'il ajoute : « Viens vivre avec moi pendant six mois, tu constateras que je suis nickel », il m'aura convaincu, mais il n'en restera pas moins que j'aurai d'abord succombé au cliché.

Et c'est cela qui me fait peur.

Tout et n'importe quoi peut être dit, et écrit.

La presse a un rôle décisif dans les affaires de dopage. Elle doit faire son boulot d'information, mais elle porte un préjudice énorme à la personne simplement citée, surtout si elle est innocente. Et même si la preuve de son innocence est apportée, l'athlète aura subi un sérieux préjudice. Ses proches le soutiendront, mais l'opinion publique s'en tiendra au vieux dicton : il n'y a pas de fumée sans feu !

Peter a mis longtemps avant de retrouver son niveau de jeu. Il aurait pu ne pas y arriver. On peut tuer un homme avec des accusations pareilles, alors que l'on ne connaît pas toujours les tenants et les aboutissants de la situation vécue par le sportif suspecté.

Il y a eu un vice de forme, et l'on n'en saura pas plus. A-t-il déconné ? Je n'en sais rien ! En tout cas, porter un jugement sur lui ne m'a pas traversé l'esprit.

Pour ma part, on me donne des tonnes de vitamines ; j'en ai plein ma voiture, mais je ne les prends jamais, ou seulement une vitamine C juste avant les matches parce que cela fait partie de ma routine ! Je suis plus fidèle aux produits à base de plantes dont les Fleurs de Bach, utilisés en kinésiologie. En fait, aujourd'hui, l'essentiel de votre responsabilité en tant que sportif de haut niveau repose sur la confiance que vous accordez à votre entourage. Si mon « doc », le docteur Alexis Savigny, du Stade-Français, me tend une ordonnance : « Tiens, prends ceci », j'accepte les yeux fermés. Mais parfois, les situations de la vie ou le manque d'expérience peuvent vous mettre en fâcheuse posture.

Les chocs émotionnels provoquent souvent chez moi des angines. En 1998, à Solliès, j'ai été victime d'une angine carabinée à la suite d'un accident survenu à l'un de mes proches. Le médecin de famille – qui ne connaissait rien au sport – m'a prescrit en toute bonne foi du Solupred. Un produit qui contient des corticoïdes.

En vingt-quatre heures, j'étais sur pied, mais imaginons que j'aie été contrôlé à ce moment-là, ma vie aurait pu virer au cauchemar du jour au lendemain ! Cette anecdote, heureusement sans conséquence, s'est déroulée entre la finale victorieuse du championnat de France contre Perpignan le 16 mai et la finale de la coupe de France à Charléty – défaite contre Toulouse – le 6 juin ! À présent, il y a une prise de conscience de la part de tous les sportifs. On en parle entre nous, on fait attention, mais pas encore assez ! Quand nous sortons, j'avoue que nous ne sommes pas encore assez vigilants ; n'importe qui pourrait mettre n'importe quoi dans nos verres.

Le dopage gangrènera-t-il un jour le rugby ? Si ce sport continue à se développer, avec des droits TV de plus en plus lucratifs, peut-être que certains joueurs seront davantage tentés de se doper. Parce que, au-delà de la morale, de l'éthique, il y aura des enjeux économiques.

Quand, dans un peloton, les dix meilleurs cyclistes gagnent 150 000 euros, tandis que les plus bas salaires tournent autour de 2 500 euros, il faut voir ce que cela signifie une fois replacé dans le quotidien. D'un côté, vous avez un sportif connu, adulé des foules, qui roule en voiture de sport et possède un immense chalet en

Suisse, et de l'autre, un gars dans son studio de 20 mètres carrés en banlieue...

Certes, il y a la morale, la peur du gendarme, la peur du scandale, la peur de mourir jeune, mais dans les grands sports pro, la tentation est inévitable. Je me sens étranger à ces tentations parce que je gagne assez bien ma vie, et surtout, je construis mon mental à l'entraînement en fonction des efforts physiques que je fournis. Ce sont dans ces moments de dépassement de soi que j'ai conscience d'exister. Que la douleur est bonne. Je connais mon corps et je sais ce que je peux lui demander, où je peux puiser et où sont ses fragilités.

Depuis le début de mon aventure au Stade, j'ai toujours accordé une confiance totale au staff des médecins et préparateurs physiques qui nous encadrent. Ce sont des gens droits et sains, qui ne peuvent ni se permettre de mettre la santé des joueurs en péril, ni de subir un contrôle positif qui ferait l'effet d'une bombe sur l'image du club.

À nos débuts, certains affirmaient que nous avions des cheveux peroxydés pour cacher la prise d'EPO !

Mais de toutes les calomnies dont j'ai été l'objet dès mon arrivée au Stade-Français, c'est avant tout l'étiquette de « mercenaire » qui m'a le plus agacé. Parce que, dans mon échelle de valeurs, je place la fidélité à mon club bien au-dessus de l'argent.

Nous avions pour étendard celui d'un des plus vieux clubs de rugby de France et comme porte-bonheur la robe à paillettes de Dalida, l'amie et l'idole de Max Guazzini, et cela me convenait parfaitement.

Dans les tribunes, il n'y avait guère que nos amis et nos familles pour assister à nos matches. Personne d'autre que nos proches ne croyait en nous. On passait pour des rigolos. Il y avait les petits jeunes inexpérimentés et puis des types remontés comme des pendules qui voulaient se prouver à eux-mêmes qu'ils n'étaient pas finis, comme les trois anciens du SBUC : Moscato-Gimbert-Simon. Mais aussi Olivier Roumat, Marc Lièvremont, Christophe Moni (qui était finalement venu de Toulon, avec Franck Comba et moi), et des étrangers, Richard Pool-Jones, Grant Ross ou l'Argentin Diego Dominguez.

Quand ma carrière sera terminée, il y a beaucoup de joueurs du Stade-Français à qui je dirai « merci ». Aujourd'hui, j'aurais peur d'en oublier, mais quand tout sera retombé, je prendrai ma plus belle plume et j'écrirai une lettre à toutes les personnes qui ont compté pour moi, comme ont compté Diego, Max, et tant d'autres.

Ceux de la première heure, ceux qui ont partagé le premier titre en 1998. Face à Toulouse en demi-finale, nous menions largement, mais nous étions surexcités par la peur de voir la victoire nous échapper au dernier moment. Il ne restait que trois minutes à jouer, nous n'arrêtions pas de hurler : « Attention ! Attention ! Ils vont revenir ! » On ne pensait pas qu'il était possible de battre aussi sèchement un club champion de France depuis quatre ans !

La finale a eu lieu au Stade de France, devant 80 000 spectateurs. Le Stade-Français était en train d'écrire sa propre histoire, son histoire pas banale de « mercenaires » soudés comme une armée. Une représentation du slogan un peu grandiloquent du Stade-Français inventé par Max : « Une aventure humaine, à travers le rugby, dans un destin de champion ».

Et pour que cette histoire soit belle, il fallait absolument un *happy end* sous la forme d'une victoire finale face à Perpignan.

Dans le vestiaire étaient réunis beaucoup de forts caractères. Il y régnait une atmosphère chargée d'électricité et de testostérone.

La préparation de Serge Simon avait été très belle. Il avait mis beaucoup d'émotion, beaucoup de sagesse dans ses phrases. Dehors, on entendait le public gronder. On savait qu'ils étaient 70 000 spectateurs contre nous, mais que l'adversaire, ce jour-là, ne pouvait pas nous battre. À un moment, alors que l'heure approchait, j'ai moi aussi ouvert mon cœur. Certains mots sont sortis de mes tripes, des paroles simples qui évoquaient la notion de collectif, la motivation. Je parle assez peu en public. Sur les photos, dans les reportages, je ne suis jamais au premier plan, mais il y a des moments uniques, où j'ai besoin d'exprimer ce que je ressens et de le faire partager. Dans chaque équipe, il y a un joueur qui prend la parole, comme entraîné par une pulsion irrésistible. On nous avait tellement bavé dessus, tellement craché à la figure, et nous étions là, en finale, avec un seul match à gagner pour réaliser notre rêve. Il y avait en outre beaucoup d'émotion en raison de la présence de Marc Lièvremont dans nos rangs, dont le frère, Thomas, était dans l'équipe adverse. On savait que leurs parents se trouvaient dans les tribunes.

Les médias avaient fait monter la mayonnaise. Ils voyaient en nous le retour du rugby « show-biz » contre le rugby « cassoulet », l'éternelle rivalité entre Paris et la province. Toute la saison, on s'était battus comme des chiffonniers et l'on commençait à faire peur.

Et tandis que Jacques Chirac passait les troupes en revue pour nous serrer la main, j'ai glissé à Franck Comba : « Franck, le bouclier là-haut, regarde-le bien, parce qu'on est venus à Paris pour ça ! »

Les gens allaient enfin se poser la bonne question sur notre compte : Que vaut vraiment cette équipe-là ?

Notre réponse fut apportée par notre nette victoire (37-10), au terme de quatre-vingts minutes intenses, où, en une touche, deux regroupements, et deux renversements, je marquai le dernier essai, exactement là où j'avais déjà trompé les Anglais quatre mois plus tôt, lors de mon premier match avec l'équipe de France. J'eus l'immense bonheur de terminer l'année meilleur marqueur d'essais du championnat, avec un total de dix essais.

Toucher le bouclier de Brennus, le porter à bout de bras comme tant d'autres avant moi fut un moment d'autant plus émouvant que je savais que tous les miens étaient réunis dans les tribunes, et ne rataient pas une miette du spectacle. On s'est passé le bouclier de mains en mains et nous avons bien profité de la nuit.

Max avait bien fait les choses, comme à son habitude. Il avait loué des camions grands comme des porte-avions pour descendre les Champs-Élysées... deux mois avant l'équipe de France de football !

8

Le « MIRACLE »

Le 31 octobre 1999, à la surprise générale, la France a battu les All Blacks de Nouvelle-Zélande en demi-finale de la Coupe du monde, à Twickenham.

Serge Simon, dans *L'Express*, paru au début de la Coupe du monde, répondait le mieux aux interrogations de toute la France sur nos chances de bien y figurer : « Un miracle ? Cela ne suffira pas. Il en faudrait plusieurs. Mais si l'équipe d'Australie est décimée par une épidémie de grippe espagnole et si le car des All Blacks se renverse dans un ravin, effectivement, ça devient jouable ! »

Ce match contre les Blacks était une épreuve très particulière pour les Bleus. Nous nous étions qualifiés très difficilement en poules (face au Canada 33-20, la Namibie 47-13, les Fidji 28-19) avant de battre l'Argentine (47-26) en quart de finale. Nous étions très critiqués et n'inspirions aucune confiance. Les Néo-Zélandais faisaient peur à tout le monde. Pendant le *haka* des Blacks, toujours impressionnant quand on se trouve à portée de voix, nous nous sommes tous regroupés, joueurs et membres du staff qui faisaient corps pour chanter *La Marseillaise.* Nous voulions simplement exister.

Le match était capital, mais la motivation de démontrer à tous qu'on était une belle équipe l'emportait sur l'enjeu.

Ce jour-là, la peur de la correction, la peur de l'humiliation, la peur d'un échec retentissant a produit un sursaut collectif. Nous étions des freluquets, comparés à nos adversaires, mais dans nos têtes, quinze gaillards décidés à ne pas se laisser dessouder. On voulait prouver à ceux qui nous prenaient pour des billes que nous avions du talent. De ce collectif émergèrent quelques individualités dont je fis partie, mais j'ai le sentiment que cela aurait pu tomber sur n'importe lequel d'entre nous. Rien ne pouvait nous arriver. Nous étions touchés par la grâce.

Tout ce que nous avons tenté ce jour-là a parfaitement fonctionné. Lors de la préparation du match, il y avait une énergie différente. Dans les attitudes, les comportements, les regards passait un courant continu qui nous enrobait tous. J'avais pris ma place habituelle dans le bus, Garbajosa, mon compagnon de chambre, à droite, Sarraméa au milieu et moi à gauche. Arrivés au stade, nous avons croisé les Néo-Zélandais qui descendaient de leur car, tous habillés en costards noirs, lunettes noires. On aurait dit les *Men in black*. Ils semblaient éprouver un sentiment de supériorité à notre égard. En tout cas, je l'ai ressenti ainsi. Ils devaient penser qu'ils étaient si forts que, en aucun cas, nous n'aurions les moyens de les battre. Sur le papier, il n'y avait pas de comparaison entre les deux formations, mais ce qu'il y a de plus beau en sport, c'est qu'on peut être tout en haut un jour, et tomber très bas le lendemain. Et inversement.

Une fraction de seconde, une chance infime suffisent pour être sacrés champions du monde. Ou pas.

Ils ne pouvaient pas soupçonner notre force car elle était de l'ordre de l'intime conviction. Notre cohésion, qui allait leur être fatale, était née quelques jours plus tôt à l'occasion d'une soirée mémorable qui avait suivi notre victoire sur l'Argentine, en quart de finale, en Irlande. À huis clos dans l'un des salons de notre hôtel irlandais, nous en avions profité pour tous nous lâcher, relâcher la pression, cracher notre venin, faire déferler ce mal-être que nous contenions chacun à grand-peine depuis le début de la compétition. Nous avons fait une fête d'enfer, tous branchés sur la même longueur d'onde, animés d'une excitation hors du commun.

Nous avons fait des sketches, tous plus risibles les uns que les autres. On se moquait les uns des autres, mais avec une touche d'humour, et un grand respect pour les personnes visées. Xavier Garbajosa a réussi une imitation de Jo Maso impayable, Jimmy Marlu nous a fait Pierre Villepreux et son célèbre chapeau. Comme je ne suis pas très à l'aise en mime, je ne me suis pas exposé, mais comme tous les copains, j'ai bu plus que de raison. Cette ivresse improvisée et pleine de gaieté nous permit de briser la glace, et de faire naître un nouvel état d'esprit, d'en finir avec les tensions, les nœuds qui avaient figé le groupe. Jusqu'à ce soir-là, personne n'osait plus bouger ni s'exprimer tant la chape de plomb pesait lourd sur nos épaules.

Nous avions plus ou moins perdu le nord, en fait. On ne savait pas où l'on allait. Il y avait des joueurs blesses, des joueurs suspendus, Fabien Galthié qui revenait, le staff qui ne savait plus dans quelle direction nous engager. Nous étions dans la brume, et ce soir-là, nous avons eu le sentiment d'avoir reussi à evacuer le mauvais, et d'avaler de grandes goulees d'air frais.

Nous n'étions pas décidés à nous arrêter en si bon chemin, et dans un remake à la française du traditionnel *haka*, nous avons jeté nos dernières espérances. Notre état d'esprit était parfait. De l'ambition, mais aucun emballement incontrôlé.

Les belles histoires naissent toujours ainsi. D'une improvisation collective. D'un élan plus fort que la raison. C'est quand on se croit fini, que l'on s'avance en victimes, qu'intervient la révolte, une sorte de régénérescence. J'ai l'impression de raconter le scénario d'un film hollywoodien, avec le héros que l'on croit mort, qui se relève et sauve le monde à la fin, et pourtant, c'est exactement ainsi que les choses se sont passées.

À partir de cette soirée, le groupe s'est mis à vivre à cœur battant. D'un jour à l'autre, les regards avaient changé, le « bonjour » du matin n'avait plus la même tonalité. Et la prise de conscience collective se matérialisa dans tous les exercices d'entraînement qui nous séparaient du moment tant attendu.

J'étais jeune à l'époque. Plus on avance en âge et plus on s'aperçoit que dans une équipe de France, la politique et le relationnel sont importants, alors que moi, à l'époque, j'étais parfaitement innocent. Je vivais l'événement au premier degré, de toutes mes forces, de toute mon âme, sans réaliser qu'en gagnant contre les

Blacks, nous avions sauvé la tête de pas mal de monde. J'avais de bonnes relations avec les entraîneurs, même si je parlais peu à Pierre Villepreux, vu qu'il ne parlait pas beaucoup non plus.

Je ne me rendais pas compte que lorsqu'une compétition de cette envergure commence et que les choses ne se déroulent pas parfaitement, on commence à chercher des coupables. Des gens se posent en juges, et comme il est beaucoup plus facile de trancher la tête à deux bonshommes qu'à trente, ce sont les entraîneurs qui trinquent les premiers.

Parfois, les menaces qui pèsent sur eux les rendent plus costauds. À l'époque, même si je n'entendais rien à tout cela, je sentais de la pression et des tiraillements autour des cadres de l'équipe à mesure que nous avancions dans la compétition.

Les joueurs emblématiques prirent la parole, et après le retour de Fabien Galthié, les rebondissements s'enchaînèrent. On avait perdu Califano et Castaignède sur blessure, Titou Lamaison avait gagné une place au poste déterminant d'ouvreur alors qu'il n'était pas titulaire au départ. L'influence des joueurs grandissait. Fabien Pelous ou Raphaël Ibanez qui imposait déjà sa forte personnalité s'exprimaient de leurs côtés. Tous ces événements mettaient en évidence le véritable tempérament de chacun, mais surtout l'esprit d'équipe.

Le public ne prend sans doute pas conscience qu'un exploit de ce calibre n'est possible que si les acteurs du jeu se subliment, que si des révoltés entraînent tout le groupe.

J'ai pu me construire, et devenir ce que je suis à travers ce que j'ai vu des anciens cette année-là, et ce qu'ils m'ont transmis. J'avais mon rôle à jouer, mais il était mineur. J'étais un leader, mais surtout dans le registre de l'amusement, la déconnade. Je faisais le foufou, ce qui décontractait un peu l'atmosphère. Comme j'ai horreur des conflits, je me débrouillais pour les éviter, ou arranger ceux qui menaçaient de s'envenimer. J'étais à l'aise dans le rôle de celui qui sait dédramatiser les situations. On était supposés appliquer la tactique, même si, en fait, il n'y en avait pas vraiment. Il faut avouer qu'on a fini par déstabiliser nos adversaires grâce à notre courage, notre détermination et notre capacité à prendre des initiatives.

On a dit que jamais aucune équipe du monde n'avait réussi à claquer plus de quarante points aux Blacks, mais sur le moment, on s'en fichait pas mal des records ! Ce qui était bon en revanche, c'était de voir leurs têtes alors qu'ils s'étaient détachés 24-10 et croyaient avoir les affaires en main. Trois fois nous avons enclenché la marche avant et trois fois Titou a marqué. Deux drops et une pénalité. On est revenus à 24-19, et là, on s'est lâchés complètement !

On lisait dans leurs regards qu'ils ne comprenaient plus rien, qu'ils étaient envahis par le doute, qu'ils n'étaient plus que des hommes. Et nous, on se sentait forts, très forts. Ils ne savaient pas ce qu'on allait faire, mais c'était normal car nous non plus.

Ce n'était pas du n'importe quoi, du « ça passe ou ça casse », non. C'était de la bonne impro, du ressenti, comme une superbe partition. Notre engagement physique a fait que le jeu est devenu très simple. Ils étaient totalement déstabilisés sur les actions que l'on mettait en place, on les prenait au large, on les prenait au ras, on inversait, on les prenait sur le petit côté, on les prenait sur les coups de pied par-dessus. On les prenait de partout, c'était jouissif... Je suis resté des années sans revoir ce match, car, je le répète, je déteste me voir en photo, en action, ou lire des papiers sur moi. Mais une nuit où je n'arrivais pas à dormir, chez mes parents (mon père garde tous mes matches), j'ai enclenché la cassette et je me suis installé tout seul devant la télé. À la fin, je me suis dit : « Putain, on a fait un grand match quand même ! »

Sur le moment, je n'avais pas ressenti une telle impression de fluidité. À une heure et demie du coup d'envoi, j'avais été pris de panique. J'éprouvais une terrible angoisse. La peur de l'échec, la peur de perdre, la peur de passer à côté était revenue ! On ne dispute pas une demi-finale de Coupe du monde tous les ans, mais comme les Jeux olympiques, tous les quatre ans. Je savais que, à la suivante, en Australie, en 2003, j'aurais déjà 31 ans. Que je n'avais pas le droit de laisser passer mon heure. J'étais stressé parce que, au lieu de penser au jeu, je pensais à l'enjeu, à l'adversaire, aux conséquences pour l'équipe et pour moi. Affronter Mehrtens en n° 10, Cullen au centre, avec Ieremia, Lomu, Umaga et Jeff Wilson à l'arrière ! Il ne pouvait pas y avoir une équipe de Blacks plus forte que celle-là. Leur ligne d'attaque, leur niveau de jeu, leurs qualités athlétiques, leur aura, leurs 110 kilos de moyenne, leur rapidité, leur puissance me sautaient aux yeux. J'étais comme rattrapé par une écrasante réalité.

Je parlai alors longuement avec Pierre Césano, mon kinésiologue. Il me dit : « Écoute, ça va très bien se passer. Ne stresse pas. Sois toi. Sois une anguille au milieu des rochers. Sois l'éclair ! Sois la foudre ! Tu frappes, et tu t'en vas. Ne les affronte pas sur leurs points forts ni leurs qualités naturelles. Ne les défie pas physiquement. Ne les prends pas de front. Tourne-leur autour… »

Son discours m'avait rassuré. Apaisé, j'étais enfin concentré sur mon jeu. Une partie de mon stress évacué, je pouvais me recentrer sur l'action.

Le stress fait partie du jeu, il est important pour moi, et généralement, cela ne m'inhibe pas. Bien géré, c'est un bon moyen de sentir que je suis concentré. J'aurais été beaucoup plus fébrile si j'avais été en décontraction, pas archi-déterminé en défense. En principe, je n'ai pas besoin de m'exciter, mais au contraire, de calmer mes ardeurs. Quand certains écoutent ACDC avant d'entrer sur le terrain, moi je mets Sade !

Il y a deux sortes de stress : le stress négatif où l'on n'a pas confiance en soi – où l'on baisse instinctivement la tête et l'on perd le fil du match – et il y a le stress positif où l'on sent la détermination sortir de tous les pores de la peau (stress positif où l'on a l'impression de visualiser au ralenti les actions, les raffuts, les passes).

Nous étions loin de tout, mais nous sentions la pression médiatique, même si c'est seulement après notre victoire que nous avons réalisé la véritable ampleur de notre exploit. J'ai reçu au moins soixante-dix messages, je savais que tous les gens que j'aimais et des millions d'inconnus avaient hurlé à l'unisson devant leur poste durant quatre-vingts minutes ! Il n'y a que le sport pour générer de telles liesses.

Nous jouions comme dans un rêve et le match aurait pu durer cinq heures, les Blacks n'auraient rien pu faire contre nous.

À la cinquante-sixième minute du match (en seconde mi-temps, donc), j'ai marqué un essai qui est resté gravé dans toutes les mémoires des amateurs de rugby. Un essai qui a changé le cours de ma vie parce qu'il a fait de moi une vedette. Et pourtant, paradoxalement, je ne pense pas que cet essai-là fut la meilleure action du match. Tout le monde croit que les bons rebonds n'arrivent qu'aux grands joueurs. Or, j'ai fait dans ma vie et même lors de ce match-là des actions plus belles, plus déterminantes, mais seulement moins spectaculaires à la télévision. Ce que je fais sur le premier essai (qui permet à Lamaison de marquer) est bien plus fort que l'essai que je marque. Je m'en souviens malgré tout très bien. C'était un coup de pied par-dessus de Fabien Galthié. Le jeu s'arrêtait et on ne pouvait le redynamiser. Je vis qu'il me regardait. Je compris tout de suite ce qu'il voulait faire. Il tapa par-dessus et voilà... Je me lançai, j'eus un rebond favorable, deux adversaires qui arrivaient sur moi, je crois bien que l'un d'eux était Mehrtens... Je récupérai le ballon. Il vint pour me plaquer, mais n'arriva pas à me serrer. Je courus, je courus et j'allai aplatir dans l'en-but, cet espace qu'on appelle la terre promise, le paradis. Et au moment, où j'aplatis le ballon, je pensai à Pascale. J'avais regardé le ciel avant de commencer le match, comme pour entrer en connexion avec elle, et tout au long du match je sais qu'elle m'a porté. Elle a été avec moi tout le temps. Elle m'a donné sa force et son amour. Je n'aurais pas pu courir aussi vite si son cœur ne m'avait pas littéralement porté dans l'en-but.

Dans l'en-but, il y avait Arnaud Costes, le troisième ligne qui était en train de s'échauffer. J'allais juste aplatir à ses pieds. Il me toucha les cheveux du bout des doigts. Par ce geste, titulaires et remplaçants se retrouvaient unis dans le même bateau.

Il y a une image qui me revient d'un match contre l'Italie au Stade de France, en 2004 quand nous réussissons le Grand Chelem. Nous ne faisions pas un très bon match, mais dans l'ensemble, j'arrivai à tirer mon épingle du jeu en réussissant deux ou trois actions positives dans un ensemble pas terrible. Nous avions travaillé le retour intérieur et leur défense n'avait pas été très performante. Soudain, Vincent Clerc prit le ballon assez large, me fit une remise intérieure et je perçai près du regroupement. J'étais à 30 mètres de la ligne d'essai, il n'y avait plus personne, je déroulai. C'était un match où nous avions été énormément sifflés, il y avait des remplaçants qui étaient en train de s'échauffer dans l'en-but... Je revois encore Thomas Lièvremont s'étirer. J'étais sur le point d'aplatir juste après la ligne, aux pieds des remplaçants, mais en posant le ballon, bam ! il rebondit sur mon genou, et m'échappa. En fait, l'en-avant a été sifflé parce que l'arbitre a considéré, à juste titre, que je ne l'avais pas fait exprès. Si l'arbitre avait considéré que c'était intentionnel, comme un coup de pied à suivre, il aurait accordé l'essai. À quoi ça tient ! Ce fut pour moi ce qu'on appelle « un grand moment de solitude » devant 80 000 personnes. Quand je me suis retourné, je n'ai vu qu'une paire de lunettes cerclée dans tout le Stade de France, et derrière, le regard furibard de Bernard Laporte. Là, je me suis dit : « Qu'est-ce que je vais prendre ! » Ce fut au-delà de mes estimations : « Manque de respect envers l'équipe ! Tu prends les autres pour des cons ! » Je n'avais rien à dire pour ma défense, mais j'ai su ce jour-là que cela ne se reproduirait plus jamais ! Comme les enfants qui mettent les doigts dans la prise. Une fois qu'ils ont pris le courant, ils n'ont plus du tout envie de recommencer.

Mais là, contre les Blacks, aucune bourde n'était possible. Je n'aurais jamais fait une erreur aussi grave alors que les deux situations étaient identiques dans leur contexte. Question de concentration et de feeling.

On peut tout expliquer, tout chercher à comprendre, mais à un moment donné, pourquoi je n'ai pas posé la balle, pourquoi est-ce que j'ai plongé ? Cela doit être ce que l'on appelle l'instinct de survie. C'était moi, à ce moment-là, qui savait ce qu'il fallait faire. Je dis souvent que l'on n'a que ce que l'on mérite, et ce jour-là, je devais vraiment mériter de me trouver là. Nous avons fini par gagner 43-31.

Cet essai majeur de ma carrière ne dépassera jamais pour moi le stade de l'anecdote. Ce sont les circonstances qui ont peut-être fait de cet essai un des temps forts du sport français. À mes yeux, l'ensemble de ma performance avait bien plus de valeur que ce seul essai. Mais il a marqué les esprits, et aujourd'hui, si j'en suis fier, c'est parce qu'il me rappelle que j'ai fait partie de cette aventure-là. Qui se souvient que j'ai marqué le même, un an plus tard, en 2000, contre Toulouse, en demi-finale du championnat de France ?

Il y a des jours où les ballons vous arrivent comme des mots d'amour.

Au top 5 de mes essais préféres, ce n'est pas cet essai contre les Blacks qui vient en tête. Le tout premier est celui que j'ai marque contre Biarritz en 2005, en coupe d'Europe, à la dernière seconde du match. Il FALLAIT marquer, j'ai marqué et cet essai-là fut beaucoup plus libérateur que celui marqué contre les Blacks. J'apprécie en outre davantage ce que je fais maintenant que ma carrière tire à sa fin.

Je n'ai jamais été un obsédé de la ligne. Marquer des essais n'a jamais été une priorité pour moi. Cela ne m'a jamais fait avancer. Il n'y a que pour les buteurs que c'est important de marquer des points. Pour d'autres, c'est plus décisif, et plus valorisant de mener une belle action, de délivrer une passe qui amène l'essai. En tout cas, moi, c'est ce que je préfère. Débloquer des situations à l'avantage de mon équipe, mais laisser les autres marquer. C'est paradoxal car j'aime bien être dans la lumière, mais pas directement sous les feux de la rampe. J'aime être dans la lumière à l'intérieur de mon groupe.

La gloire, le succès ne suffisent pas à me faire avancer ou me donner la sensation d'exister. Quand on me passe trop la brosse à reluire, je n'aime pas. Je veux être reconnu pour ce que je fais, c'est important, mais par mes pairs, par les spécialistes, par un public connaisseur. Il faut faire très attention : dans le rugby, ce ne sont pas forcément les joueurs les plus médiatisés qui sont les plus forts et apportent le plus au jeu. Ce n'est pas parce qu'on est en première page d'un magazine qu'on est un grand joueur. Pour preuve, Philippe Sella n'a pas une image médiatique proportionnelle à son talent et à ce qu'il a apporté au rugby français. Il est méconnu par rapport à ce qu'il est. Sella, c'est un monstre ! Cent onze sélections en équipe de France ! Ce n'est pas un hasard !

Moi je suis heureux quand je sais, intérieurement, que j'ai accompli un grand match, c'est-à-dire que j'ai apporté ce que je devais apporter et que ce que j'avais à faire, je l'ai bien fait et que je n'ai pas commis de fautes. Qu'on ne soit pas, à cause de moi, pris sur des ballons en défense. Qu'à chaque fois que l'on touche le ballon, on apporte un plus, un dynamisme, que tout soit « propre », bien fait, au bénéfice de l'équipe.

Je peux percer vingt-cinq fois, mais si vingt-cinq fois je « vomis » le ballon, ou si je multiplie les passes qui ne servent à rien, je m'en voudrais. Mon rôle n'est pas de marquer des essais mais d'être constructif pour mon équipe.

Quoi qu'il en soit, à partir de ce match, j'ai été très médiatisé. Les regards sur moi ont changé du jour au lendemain. J'ai été l'objet d'attentions toutes particulières, parce que j'étais un petit gabarit qui tirait son épingle du jeu dans un monde de brutes ! Il y a beaucoup de jeunes qui se sont reconnus, identifiés à moi, à qui j'ai sans doute donné de l'espoir. Il est probable que nombre de jeunes qui n'osaient pas se mettre au rugby parce qu'ils se sentaient un peu juste physiquement ont dû franchir le cap. Ils ont compris qu'on pouvait défier les costauds, les puissants, à condition d'avoir du courage, et un certain sens de l'à-propos.

Notre équipe prouvait que lorsque l'on se concentre uniquement sur un objectif, on peut réussir à l'atteindre. Quand les moyens mis en place sont bons, et qu'il règne un fort esprit de solidarité, tout est possible pour les « petites » équipes ! On s'introduit alors dans ce que le sport a de plus magique, dans ma dimension préférée, celle qui se détache totalement des contingences matérielles que sont l'argent et le pouvoir. Ces victoires-là n'ont pas de prix.

J'aime quand le sport de haut niveau se donne une dimension encore plus noble et spirituelle à travers des exploits quasi inenvisageables.

Ensuite, cette magie se dissipe au profit de la rentabilité. L'une ne va pas sans l'autre. Vient le temps des retombées positives ou négatives selon le résultat, qui ne sont plus des objectifs à atteindre, mais seulement des conséquences à bien gérer pour continuer.

Quand j'ai disputé cette Coupe du monde 1999, en y mettant tout ce que j'avais au service de mon groupe, j'étais loin de m'imaginer quelles répercussions cela provoquerait des années durant puisque j'ai le sentiment, malgré un beau palmarès, d'en recueillir encore les fruits, huit ans après !

Je n'avais pas imaginé ce que cela me rapporterait. Je n'ai jamais joué au rugby pour l'argent. Je n'ai eu conscience que tardivement d'avoir touché une sorte de jackpot.

Le bonheur de marquer fut intense, mais de courte durée. Très vite se succédèrent les obligations : parler avec la presse, récupérer de la fatigue et des courbatures, passer sur les tables de massage, recevoir les soins nécessaires à la récupération...

Il fallait se calmer.

Nous avions vaincu les Blacks, mais il nous fallait encore disputer la finale, contre les Australiens, au Millennium Stadium de Cardiff, le samedi 6 novembre.

L'Australie nous a battus 35-12. Alors que nous avions eu sept jours pour nous mettre dans la peau de champions du monde, les Australiens s'y préparaient depuis deux ans, voire plus. Ils étaient remontés et précis comme des machines, conditionnés pour atteindre leur objectif fixé bien à l'avance, nous renvoyant un vrai sentiment d'impuissance. C'est la première explication.

La seconde, c'est que nous avons très mal géré la semaine qui s'est écoulée entre la demi et la finale.

Nous avons tous été victimes d'un relâchement général. Tout le monde s'est détourné de l'ultime objectif. Le staff y compris. Les têtes étaient sauvées, elles ne seraient pas tranchées, c'était presque une victoire en soi. On ne peut pas dire que nous avons préparé cette finale comme il aurait fallu.

Nous étions dans un hôtel que la Fédération galloise avait imposé, l'inverse de ce dont nous avions besoin. La nourriture était si dégoûtante que nous ne mangions que des barres de céréales. Notre tranquillité était livrée à tous les vents. Le passage des importuns était incessant. Tout le monde avait accès à l'équipe : la presse, les supporters, les proches. Les journaux traînaient sur les tables. Nous n'avons pas su nous retrancher et couper avec le monde extérieur. J'étais très énervé. Très irritable aussi.

Je m'engueulais avec tout le monde, même avec mes parents. La grande leçon de tout ce remue-ménage qui nous valut une défaite sans gloire est que le deuxième miracle n'avait pas eu lieu, parce qu'un miracle, ça se mérite ! Nous avons reçu ce que nous méritions, ni plus ni moins.

Je ne pense pas qu'il faille y voir un échec typiquement français. Les Blacks qui possèdent la rigueur des Anglo-Saxons sont capables de passer eux aussi au travers d'un match. Les Anglais, en 2003, se sont méthodiquement préparés à devenir champions du monde, mais ils se cherchent aujourd'hui encore bien plus que nous. Non, je crois que si l'on a perdu cette finale, c'est à cause d'un problème d'hommes. Les grandes équipes, ce sont des hommes qui les composent. Je dis souvent qu'il n'y a pas de grands clubs, sans grands présidents, grands entraîneurs, grands joueurs. Ce n'est pas une histoire de capitaine. Mieux vaut un capitaine moyen avec quatorze lions, qu'un grand capitaine avec quatorze ânes ! Un capitaine est grand lorsqu'il a une grande équipe, où chacun apporte sa pierre à l'édifice.

Peut-être que notre « finale » à nous s'arrêtait tout simplement en demi-finale. J'en ai éprouvé mille regrets. J'espère que j'en disputerai une autre, et que je la gagnerai, mais après les campagnes de 1999 et 2003, je sais combien c'est difficile de parvenir ne serait-ce qu'en position de la disputer.

C'est très dur d'être champion de France, champion d'Europe ou champion du monde. Le public ne se doute pas toujours de ce que cela représente comme efforts au quotidien pour chacun d'entre nous. Ce par quoi il faut passer. Des heures, des années d'entraînements, des blessures qui font de plus en plus mal, des engueulades, de l'abattement, des doutes. Les gens ne voient qu'un flash miraculeux, des fulgurances, mais le rugby est un jeu très difficile à jouer.

Il faut aller de l'avant en se faisant des passes vers l'arrière. Rien que ça, déjà !

9

COMMENT LA KINÉSIOLOGIE A BOULEVERSÉ MA VIE

Je ne suis pas un homme heureux, mais je ne suis pas malheureux.

J'ai connu la souffrance physique. J'ai connu la souffrance psychologique. Et c'est la douleur dans la tête qui est pour moi la plus dure à supporter, même si à 35 ans, les coups font de plus en plus mal. Comme chez un boxeur en fin de carrière, le corps encaisse moins facilement que par le passé.

Pour l'instant, j'ai de la chance, je me suis sorti de tous les chocs sans trop de dommages. Et ma constitution me permet de courir vite, malgré mon âge. Mais ce que j'ai vécu depuis la mort de ma sœur et mon divorce, je ne le souhaite pas à mon pire ennemi.

Heureusement, dans ce bourbier d'émotions violentes, j'ai rencontré une personne qui a bouleversé ma vie.

Il s'appelait Pierre Césano. Il est décédé le 13 octobre 2000, à 2 h 45 du matin, des suites d'un cancer généralisé.

Sa fille, Marion, m'assura que le plus grand bonheur de son père avait été de toucher le bouclier de Brennus que je lui avais apporté deux mois plus tôt, dans la maison de repos où il séjournait. C'était celui de notre deuxième titre avec le Stade-Français, obtenu en battant Colomiers en juillet 2000.

J'avais rencontré Pierre Césano deux ans auparavant. Je venais de quitter Toulon pour le Stade-Français, je jouais un rugby de haut niveau, mais j'étais tout le temps stressé, inquiet. Avant un match, j'étais toujours très nerveux, très difficile à supporter. Certaines semaines, j'étais invivable, je ne me nourrissais plus, je vivais sur les nerfs parce que j'étais obsédé par le résultat. Je voulais être « performant », c'est-à-dire tout savoir, tout maîtriser, tout analyser, tout comprendre afin d'être capable de reproduire les gestes parfaits, les courses parfaites.

Je cherchais instinctivement à transformer tous les sentiments négatifs qui alimentaient depuis des années ma rage intérieure en action positive. Une rage visible dans mon regard, ce que n'osaient pas me dire mes amis.

Cette ambition est peu à peu devenue un moteur, mais au début, comme je n'avais pas assez confiance en moi et que je ne me trouvais pas assez athlétique, le stress m'inhibait et m'empêchait d'avancer.

Quand un entraîneur dit à un athlète : « Sois relâché », cela ne signifie pas : « Ne sois pas stressé ! » Le stress n'est pas le contraire du relâchement. Le sprinter que l'on voit à la télé courir en total relâchement, muscles fluides, mâchoire et joues libérées de toute crispation, est passé par la case « stress ». Comme tout être humain face à une épreuve qui lui tient à cœur ; mais il l'a transposée en une énergie presque féline. C'est cela que je voulais atteindre.

Je me cassais les dents sur la méthode à trouver pour obtenir ce système de vases communicants entre stress et performance. J'avais des résultats en montagnes russes : excellent, un jour, moyen, le lendemain. Je me blessais souvent à cause de mon caractère tendu et soucieux.

En mars 1998, peu après mes débuts en équipe de France, je me blessai au métacarpe gauche, en fin d'entraînement, bêtement, sur une glissade, une mauvaise réception. Six semaines d'arrêt, les Bleus termineraient le Tournoi sans moi.

Après notre premier titre acquis avec le Stade-Français en mai, je participai à la tournée d'été dans l'hémisphère Sud, mais en novembre, je me blessai cette fois à l'épaule droite. Je fus opéré à Paris et, équipé d'une attelle, je descendis dans le sud de la France pour me reposer.

Je broyais du noir, car tout ce que les gens trouvaient à dire à mon sujet, c'était : « Il est trop juste physiquement », « Il n'y arrivera pas », « Trop fluet », « Pas le niveau », « Place aux gros gabarits »...

Un soir, je décidai d'aller boire un verre au Night, à Hyères, avec un copain. Je ne suis pas un dragueur invétéré, mais quand il y a une personne triste à 100 kilomètres à la ronde, je la repère.

J'aperçois au fond de la salle une fille assise seule à une table, et aussitôt, sans même qu'elle lève les yeux vers moi, je reconnais ma propre tristesse dans la sienne. J'avais envie de lui offrir un verre, mais j'étais trop timide pour m'y risquer. J'envoie un ami. Elle lui répond d'un ton cassant : « Il n'a pas de langue ton copain ? Il ne sait pas parler ? »

Elle était triste, mais surtout en colère parce qu'elle venait tout juste de rompre avec son petit ami. Pris de court, mon copain insiste : « Mais c'est Christophe

Dominici... » La fille qui ne me connaissait pas fut surprise d'entendre mon ami citer mon nom comme si j'étais une personnalité, et comme si cela devait modifier son attitude !

Elle m'a regardé et m'a souri du bout des lèvres. Elle m'a dit plus tard que, même si elle n'avait jamais entendu parler de moi, elle avait elle aussi reconnu sa tristesse dans la mienne.

Je me suis assis en face d'elle, et nous nous sommes raconté nos vies. Comme d'habitude, j'en lâchai le moins possible. Je ne lui parlai surtout pas de ma sœur.

Elle – Marion – était professeur de français. Son père, Pierre Césano, était kinésiologue depuis 1995, au centre Mediazur, à Hyères.

La kinésiologie n'étant pas très répandue à l'époque, son père, ancien kinésithérapeute, était pratiquement le seul à exercer cette discipline à plein-temps dans le Sud-Est.

Marion m'expliqua brièvement en quoi cela consistait : « C'est une technique d'équilibration émotionnelle et énergétique du corps par le test musculaire. Cela sert à évacuer le stress lié à des émotions, parfois très anciennes, et cela permet d'éliminer les barrières qui empêchent d'avancer, de mieux se comprendre, d'enlever les doutes, les angoisses. »

Aussitôt, je demandai à Marion de me mettre en rapport avec son père. Le lendemain, après un bref échange téléphonique, elle m'accompagna jusqu'à la porte de son cabinet et me laissa seul : « Une consultation, c'est privé », me dit-elle.

« Monsieur, en quoi puis-je vous aider ? me demanda Pierre Césano avec froideur et détachement.

– Je veux guérir mon épaule, arrêter de fumer, et je veux participer à la Coupe du monde de rugby. »

Nous étions en octobre 1998.

« Je ne vais pas pouvoir vous aider, me répondit-il.

– Pourquoi ?

– Les grands costauds sur un terrain de rugby, c'est impressionnant, non ? Ça ne vous fait pas peur quand vous êtes en face, vous qui êtes tout petit ? »

Le type s'engouffrait tout de suite dans ma fragilité. Il me demanda de me décontracter et de m'installer plus confortablement sur ma chaise.

Il commença par me toucher les cheveux. « Vous n'êtes pas assez hydraté... » En moi-même, je pensai : « Le coup du petit joueur qui a peur des gros, c'était facile à deviner. Peut-être qu'il avance en bluffant ? »

Mais en tenant mon poignet, il ajouta : « À l'âge de 14 ans, que vous est-il arrivé ? Oh ! là, là ! Un deuil ? Ce n'est pas votre père ? Ce n'est pas votre mère ? C'est votre sœur ! Vous perdez votre sœur ! » Et il me donna précisément la date du décès.

Cette révélation provoqua un véritable déclic qui allait engendrer entre lui et moi une relation hors du commun.

Bien que bouleversé, je décidai de poursuivre cette première séance.

Elle dura trois heures. Pierre m'éclaira : « Vous êtes sur un chemin de plus en plus sombre, semé d'embûches, vous avancez, mais vous vous épuisez tout seul. Je vous propose de rebrousser chemin. Nous allons nous équiper d'une machette, d'une tronçonneuse, et nous allons nous diriger vers la lumière, mais avec les outils adéquats. »

De séance en séance, tout en interrogeant mon corps par le test musculaire, Pierre obtenait les réponses à ses questions. Ou plutôt « mes » questions. L'esprit ment, mais le corps exprime sa vérité. Nous sommes de formidables machines, tout notre vécu est inscrit dans nos muscles. Un muscle sous stress « déverrouille », c'est-à-dire qu'il n'a plus aucune force. Il ne tient plus.

Quand il le touche, et que le muscle tient bon, le kinésiologue assimile cela à une réponse « oui » ; et quand le muscle se relâche, la réponse est « non ». Le kinésiologue énumère : « À quel âge a commencé votre stress ? 1 an, 2 ans, 5 ans... 10 ans ? » Selon la réponse, le muscle se contracte ou se détend. Ce n'est pas de la voyance ! C'est une technique éprouvée, qui vient des États-Unis et qui n'a rien à voir avec la magie, ni le charlatanisme.

Il y a plusieurs origines au stress : physique, biochimique, psychologique. À un moment de stress très fort, le muscle a été tétanisé dans une certaine position, il y a eu fusion entre la position du corps stressé et l'émotion. Interroger le corps permet de retrouver l'émotion. Le kinésiologue aide le sujet à remettre chaque chose à sa place, le souvenir du corps d'un côté, l'émotion de l'autre. En les séparant (cela s'appelle une « défusion »), il libère le sujet de la gêne « physique » de son émotion, en passant par des points d'acupressure, utilisés par les chiropracteurs et les ostéopathes.

Le kinésiologue, en fait, accompagne le sujet dans l'exploration de son stress. La personne est toujours maîtresse d'elle-même, elle n'est pas sous hypnose. Simplement, s'il y a un nuage devant le soleil, le kinésiologue pousse le nuage...

Pierre m'a permis de comprendre, par des techniques, des exercices, des discussions au téléphone, comment accepter mes bleus à l'âme, mes faiblesses, mes doutes, tout ce qui me faisait réagir avec violence ou m'abattait. Il m'a aidé à entendre et prononcer certains mots que je n'arrivais même pas à prononcer. Il a donné du sens à mes aspirations. « Au lieu d'agir uniquement par instinct, on va essayer de réfléchir... »

La première découverte concernait mon gabarit : c'était vrai, j'avais peur d'être trop juste physiquement. J'avais des doutes et des complexes par rapport à mes désirs de performance dans mon sport. Et les mots clés défilaient ainsi, mon corps révélant ses secrets : « Feu ? » « Terre ? » « Air ? » « Eau ? » « Rouge ? »... Les réactions étaient diverses ; cela pouvait aller du fou rire à l'envie de vomir, en passant par les larmes, l'indifférence, ou le malaise. Certains mots contiennent pour chacun d'entre nous leur lot de vulgarité, d'agressivité, de dégoût. Nos réactions indiquent à quel point ces mots nous taraudent. Le mot clé réveille souvent le passé, à un moment que votre mémoire a englouti. Le mot a disparu, mais la cicatrice est toujours là, douloureuse. Et quand vous appuyez dessus innocemment ou bien que quelqu'un appuie dessus, vous réagissez, avec excès, sans comprendre pourquoi vous êtes tout d'un coup si fragile. Imaginez une table basse, composée d'un plateau en verre posé sur deux solides piliers. Vous allez sans souci poser des livres, des DVD, amasser toutes sortes d'objets et à un moment donné, vous allez poser une plume, une fleur, un simple stylo et tout va s'écrouler. Ce n'est pas le poids du dernier objet posé qui compte alors, c'est ce que vous avez accumulé jusque-là.

À l'inverse, une bonne séance peut tout à fait désamorcer les mots qui blessent, les rendre anodins. Vous sentez alors une énergie nouvelle vous envahir, l'appétit revenir, la peur s'estomper. C'est comme une renaissance.

Pierre répétait souvent : « Le monde est une onde, l'être humain est une onde munie d'un capteur-émetteur. Tu es très sensitif. Prends l'énergie où elle se trouve, chez les autres, dans la nature, dans les lieux que tu fréquentes, dans l'atmosphère, auprès des animaux que tu aimes, dans tes bonnes actions. Plus on prend d'énergie, plus on brille, plus on attire les gens vers soi. »

Entre Pierre et moi, ce fut comme un coup de foudre intellectuel, très intense sur le plan émotionnel. J'ai été boulimique de ce travail effectué avec lui. Je prenais l'avion dès que je pouvais et je faisais trois heures de séance d'affilée. De semaine en semaine, j'évacuais le trop-plein de souffrances. Nous sommes même remontés à des douleurs éprouvées avant la mort de ma sœur. Petit, je m'étais fracturé l'omoplate lors d'un choc qui avait laissé une empreinte effacée par le temps, mais encore présente dans mon inconscient. Le simple fait de l'évoquer me soulagea.

Curieusement, nous étions partis du rugby, et en défrichant chaque étape de ma carrière, nous étions arrivés à tout ce qui touchait au sensoriel et au relationnel, mettant en évidence que c'était ce qu'il y avait de plus important pour moi, le rugby n'étant qu'un vecteur me permettant de vivre ces moments intenses et de me découvrir à travers les défis.

J'en suis arrivé à la conclusion que le sport de haut niveau m'avait permis de m'oublier pendant des années. Mais si je m'étais construit en tant que joueur de rugby, j'étais loin d'avoir atteint l'équivalent en tant qu'homme. Et surtout, je m'étais construit dans la douleur. Inconsciemment, de bagarre en rupture, je l'avais magnifiée. La douleur physique ne me faisait pas peur. J'avais appris à la dompter. Le « membre » qui me faisait le plus souffrir était celui que le destin m'avait arraché, ma sœur.

Le reste de mes douleurs n'était que des nœuds à défaire en essayant de bien me comporter dans toutes les circonstances de la vie.

Pierre me permit de le comprendre, et m'encouragea à rattraper le temps perdu. Au fil du temps, notre amitié était devenue très forte. Il m'aida à me fixer des objectifs précis. Quand j'avais mal quelque part, là où un médecin m'aurait donné un traitement pour me soulager, Pierre m'aidait à aller chercher en moi ce que ce mal signifiait, ce qui l'avait déclenché. Quand je trouvais le lien, le mal disparaissait et j'avais la sensation de briller à nouveau.

J'avançais si vite dans cette voie que j'avais envie d'en faire profiter tous les gens que je connaissais, mais je dois avouer que l'accueil fut plutôt mitigé, aussi je cessai peu à peu d'en parler, et même de me mettre en colère quand quelqu'un s'exclamait : « C'est de la connerie ! » alors qu'il n'avait même pas tenté une seule expérience dans ce domaine.

Grâce à Pierre, j'ai accompli un virage à 180 degrés. Je n'étais plus la même personne. J'ai commencé à dialoguer plus facilement. Il s'est opéré en moi une véritable métamorphose dans mon approche de la vie.

Malheureusement pour mon couple, je l'ignorais, mais c'était déjà trop tard. Le mal était fait. Ma femme ne reculerait pas, malgré les progrès que j'avais accomplis, et mon désir de rester avec elle.

Par moments, grâce à ce travail, je ressentais pour la première fois de ma vie ce qu'était la sérénité. Très difficile à obtenir, on pourrait décrire cet état sous la forme d'un équilibre parfait entre l'intérieur et l'exté-

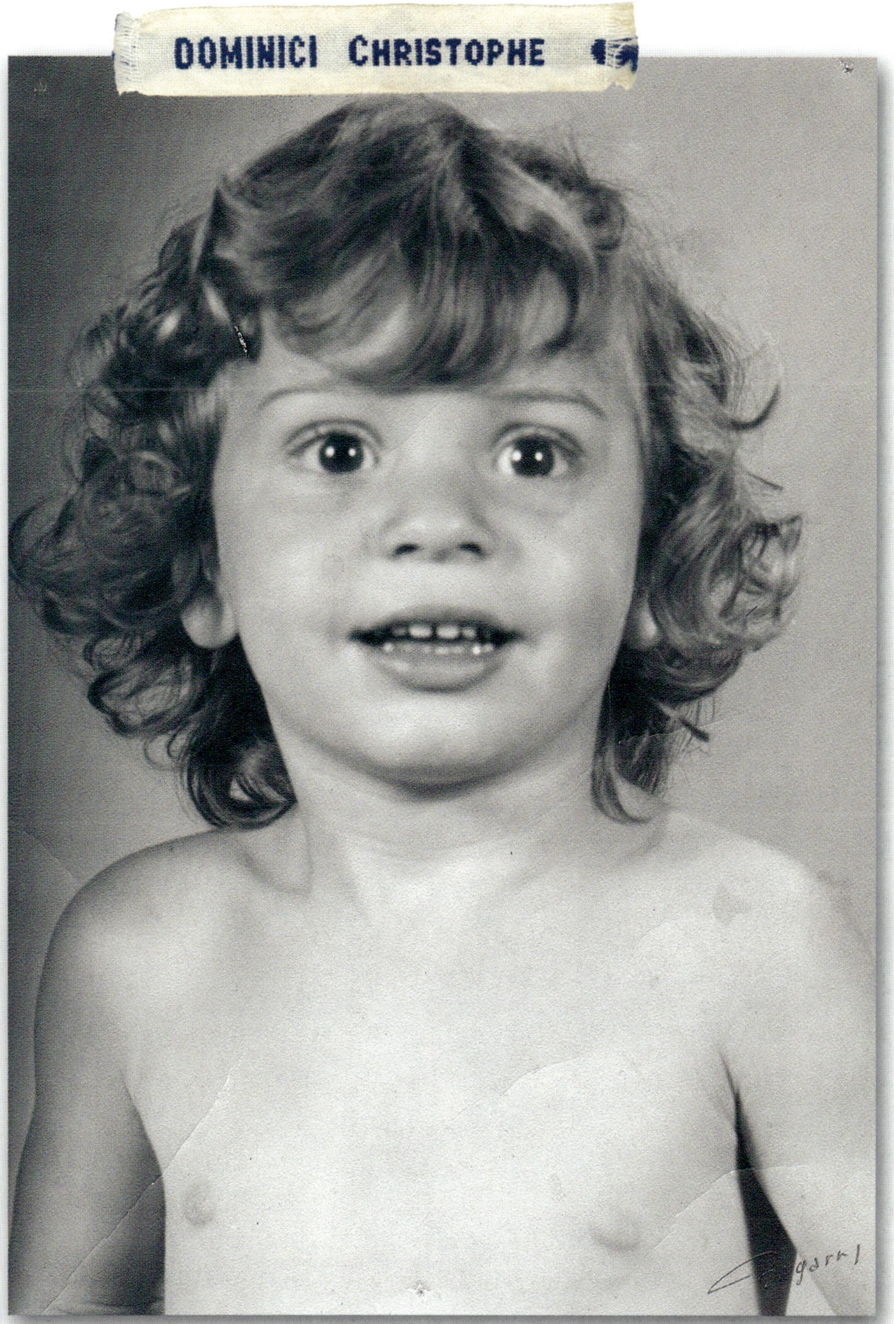
DOMINICI CHRISTOPHE

En haut : un Noël en famille avec ma tante et ma grand-mère, qui vivait à la maison. Il faut l'avouer, j'étais un enfant terriblement gâté.

En bas : à l'Aygade, où nous passions l'été au bord de la mer.

Avec ma cousine Magali, qui est devenue danseuse classique. Nous sommes restés très proches.

Une fête de famille. J'imite... John Travolta.

Avec ma sœur Pascale, en discothèque, pour son anniversaire. C'est l'une des très rares photos où nous sommes tous les deux.

1

1. Avec Jean-Christophe Repon et Franck Combas. Nous sortons des vestiaires du stade Mayol, prêts à affronter Bègles. Un grand souvenir : c'est ma première titularisation ! Photo DR.

2. En pleine action avec Aubin Hubert.

3. Aux côtés de Franck Combas : la preuve que j'ai toujours été plus costaud que lui !

2

3

1

2

1. Avec le bouclier de Brennus, en 1998, dans mon premier logement parisien. On avait tous le droit de l'emporter une semaine pour faire des photos souvenirs. Je l'ai même descendu jusqu'à Solliès-Pont.

2. Avec Marc Lièvremont et Max Guazzini avant le banquet officiel du match France-Angleterre, en 1998. Photo DR.

3. Essai ! Celui-là, je ne l'oublierai jamais. C'était contre les Sale Sharks, au Parc des Princes, pendant la dernière Coupe d'Europe.
© Stéphane Reix/Corbis.

3

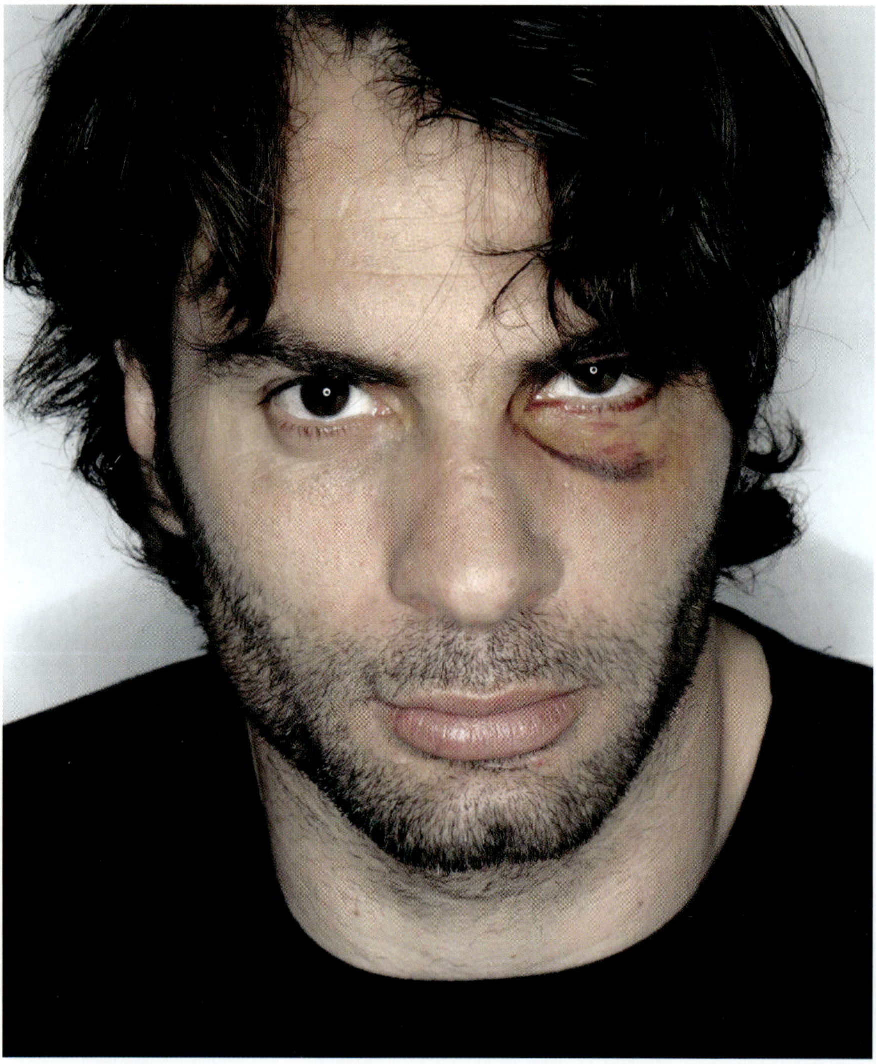

Photos :© Collection personnelle Christophe Dominici.

Le résultat de ma petite fracture du plancher orbital, lors du match Stade-Français-Toulouse en 2006. Je voulais l'utiliser pour la couverture du livre... © Muriel Franceschetti.

rieur, entre le corps et l'esprit. C'est une sensation intime qui se glisse dans votre quotidien, vous enrobe et vous apporte un apaisement, un détachement par rapport à ce qui habituellement vous contrarie ou vous irrite. Cela dure une dizaine de secondes, mais ce sont des instants marquants. « Écouter, comprendre et être », me répétait Pierre. Écouter ce que les autres ou votre corps ont à vous dire, faire l'effort de la réflexion sur ces données, puis grâce à ces informations, être dans ses comportements quotidiens fidèle à ce que l'on est à l'intérieur de soi.

Pierre est tombé malade, victime d'un cancer. En juin, il est parti à Marseille pour une greffe de moelle épinière. J'étais comme un fou. Je ne pouvais ni supporter l'idée de sa mort ni celle de son enterrement. Je n'assiste jamais aux enterrements. Je me suis blindé par rapport à la mort, mais un enterrement, c'est pour moi un coup de couteau qui me déchire de haut en bas comme un animal de boucherie.

J'ai demandé à Marion la permission de mettre l'hôpital en rapport avec Hakim Chalabi, le médecin de l'équipe du Stade-Français qui m'a toujours soigné et soutenu dans les pires moments, et en qui j'ai une confiance aveugle. Je voulais même essayer de faire transporter Pierre dans une clinique aux États-Unis.

Je voulais tout faire pour tenter de le sauver. Hakim a appelé le médecin qui s'occupait de Pierre, puis m'a dit qu'il n'y avait plus rien à espérer.

Quand je souffre trop, je suis incapable de prononcer un mot.

Je n'arrivais pas à le dire à Marion, alors je lui ai demandé d'appeler Hakim. Elle s'est effondrée en larmes au téléphone. Il l'a consolée autant qu'il a pu, et bien qu'il ne la connaisse pas, il lui a proposé son soutien, parce qu'elle était mon amie. Elle l'a appelé à plusieurs reprises ; il s'est toujours rendu disponible, même quand il commentait les Jeux olympiques à la télévision.

Peu de temps après, Pierre a fait une septicémie. Je tenais absolument à le revoir, je voulais l'embrasser. Marion m'a accompagné jusqu'à la porte de sa chambre. Elle nous a laissés seuls, comme la première fois.

Pierre a ouvert les yeux.

« Alors, Pierrot ? » dis-je.

Ce qui pour moi était une forme d'exploit.

« Alors, tu te bats un peu ? me répondit-il.

– Et toi, tu te bats ? » repris-je.

Pierre a souri, et voilà... Quand je suis sorti, Marion et moi sommes allés trouver le chef de service, l'acharnement thérapeutique paraissait vain dans le cas de Pierre. C'était un message que Marion devait faire passer de la part de ses frères, sa maman et de ses proches.

Pierre a connu trois mois d'embellie, et j'ai pu le revoir, notamment pour lui montrer le fameux bouclier de Brennus. Quand il l'a vu, on aurait dit un enfant ! On a pris plein de photos, avec les infirmières, ce n'était pas du tout triste, cette fois. Nous avons beaucoup ri. Marion m'a dit qu'ils avaient même chanté à deux ou trois voix avec ses frères et sa sœur, comme lorsqu'ils étaient petits. Pierre s'est éteint, le 13 octobre 2000. Je n'étais pas auprès de lui.

Je n'ai pas assisté à son enterrement, j'avais un match à disputer. La famille de Pierre m'a dit : « Fais comme tu veux ! Rejoins-nous si tu le veux ; ou bien va jouer. On ne veut rien t'imposer. Fais ce que tu penses que Pierre aurait souhaité. » Je suis allé jouer. Mais sur la route, j'ai eu une crise d'angoisse : Qu'est-ce que je pouvais faire d'autre que de me rouler en boule et attendre que ça passe ? Quelques jours avant le décès de Pierre, Ingrid m'avait annoncé qu'elle me quittait définitivement. Paniqué, j'avais appelé aussitôt Marion pour trouver un soutien, un rempart, quelque chose. J'avais besoin d'être rassuré : « Les médecins ont dit que papa allait mourir d'un jour à l'autre », a dit Marion.

J'ai éclaté de nouveau en sanglots et j'ai bafouillé, avant de raccrocher : « À chaque fois que j'aime quelqu'un, il s'en va... »

Je venais de toucher du doigt quelque chose que j'attendais depuis longtemps. J'avais entrevu la possibilité de sauver mon couple par mon travail sur moi-même, mais tout s'est écroulé en même temps. Alors forcément, j'ai craqué.

J'ignorais que quelques annees plus tard, Marion reviendrait vers moi. Au terme d'une longue formation, elle allait à son tour devenir kinésiologue.

10

Vingt-quatre jours sans dormir

L'été 2000 avait été chargé de trop d'émotions. À la mi-juillet, nous avions, avec le Stade-Français, remporté notre deuxième titre de champion de France. En demi-finale, contre le Stade toulousain à Béziers, j'avais marqué en toute fin de match un essai, happant au passage un petit coup de pied de Conrad Stoltz. En finale, contre Colomiers, au Stade de France, je marquai le premier des trois essais de mon équipe, alors que nous étions menés au score.

Il régnait dans l'équipe une ambiance extrêmement bizarre car les « anciens » de 1998, dont je faisais partie, s'étaient prononcés contre les choix de l'entraîneur, Georges Coste, qui venait d'être limogé. Il y avait eu un vote à main levée, avec une majorité pour l'éviction de Coste. Même s'il s'agissait d'une décision collective, je me sentais le détonateur et prenais sur mes épaules l'entière responsabilité du mouvement.

Coste avait sélectionné des jeunes joueurs que nous avons décidé de laisser sur la touche, mais en leur expliquant que, malgré tout le respect que nous avions pour eux, nous pensions que la vieille garde serait plus apte à remporter le titre sans eux.

C'était un pari hardi. Nous leur avons demandé de nous faire confiance tout en sachant à quoi nous nous exposions en cas d'échec. Dès que le principe de l'autogestion fut admis, nous nous plaçâmes nous-mêmes en position de stress extrême, notre énergie tendue vers un unique objectif – la victoire – et dans un engagement sans limites, aussi bien physique que mental. Jamais nous n'avions tant donné aux entraînements !

Ce titre, nous l'avons gagné au tempérament, au courage, avec beaucoup d'investissement personnel et collectif, ce qui peut expliquer le contrecoup que j'ai eu par la suite. J'étais dans de sales dispositions. À cran. Inquiet. Je savais Pierre Césano au plus mal...

On m'a tenu pour responsable de l'éviction de Georges Costes, ce qui n'était pas totalement faux, mais cette décision, même si elle s'était soldée par un succès, me retombait dessus à un moment où je me sentais moi-même en position de faiblesse.

Au début, j'avais éprouvé un fort sentiment jubilatoire. Tout d'un coup, nous nous retrouvions comme un groupe de gamins rebelles à gérer seuls leur propre classe. Le « proviseur », Max Guazzini, était de notre côté car lui non plus n'entretenait pas d'excellents rapports avec Georges Coste, mais il nous avait avertis : « Vous prenez vos responsabilités, mais ce sera à vous d'assumer vos actes. » Et Max d'ajouter : « Si vous évincez Coste, il faut aussi que vous écartiez son adjoint, Pierre Trémouille. Ou vous prenez les pleins pouvoirs ou vous gardez les deux hommes, mais pas de demi-mesure. »

Pierre Trémouille, qui avait bossé au Stade-Français avec Bernard Laporte, puis Georges Coste, était celui qui, trois années plus tôt, avait insisté pour que Franck (Comba) et moi rencontrions Max Guazzini à Paris. Notre « putsch » allait lui coûter sa place. Il nous a fallu du courage pour aller lui annoncer notre décision.

Je constatai qu'au Stade-Français, plus rien n'avait de sens. Ni le discours, ni les méthodes d'entraînement ne convenaient. Il s'est murmuré pendant cette période transitoire que Bernard Laporte, entraîneur de l'équipe de France mais attaché sentimentalement au Stade-Français, nous avait entraînés en douce. En fait, toute l'équipe s'était mise au vert à la base de Villacoublay, lieu d'entraînement du RAID (Recherche assistance intervention dissuasion), loin des regards curieux. Tout ce qui se passa là-bas fut classé top secret. En revanche, en voyant la manière dont nous avons joué, les équipes adverses n'eurent aucun doute sur l'identité de la personne qui nous avait donné un petit coup de main à ce moment-là...

Le jour de la finale, le président de la Fédération française de rugby, Bernard Lapasset, demanda à Max Guazzini : « Dites-moi, on m'a dit que Bernard Laporte serait venu prêter main-forte au Stade-Français, j'espère que ce n'est pas vrai ! » « C'est absolument faux ! » répondit Max Guazzini. C'est vrai que Bernard Laporte était passé deux ou trois fois, mais ce n'est pas lui qui avait composé l'équipe.

Je garde un très beau souvenir de cette victoire-là, sous la forme originale d'un film que notre manager, Alain Elias, nous montra dans les vestiaires. C'étaient les visages et les voix mêlées des épouses et des enfants des joueurs. Le frisson qui nous parcourut en les entendant décupla notre envie d'être à la hauteur de leurs espérances.

En fait, ce n'était pas Coste le problème, c'était son système. Il était plus simple de lui couper la tête que de faire des coupes sombres dans l'effectif. C'est lui qui a été le plus malheureux dans l'histoire, et s'il veut bien les accepter, je lui présente aujourd'hui toutes mes excuses. J'ai horreur de blesser les gens, et je l'ai vu dans la peine. Mais ainsi va la vie des sportifs de haut niveau, le bonheur des uns faisant souvent le malheur des autres.

Nous avons été champions de France, mais c'est la période où j'ai commencé à décliner. Je ne sais pas s'il s'agissait d'un contrecoup, mais en tout cas, la vie n'est pas si mal faite. Quand elle reprend autant que ce qu'elle vient de vous donner, elle invite à se remettre en question. Même s'il est cruel, ce mouvement de balancier entre ce que l'on gagne et ce que l'on perd dans tout changement de vie est ce qui nous fait avancer.

En quelques semaines, j'allais à mon tour me retrouver dans un *black-out* total. À l'époque, dans mon désir de communiquer davantage avec ce qui m'entourait, j'étais tombé dans un excès qui m'avait transformé en une véritable éponge. Je captais systématiquement toutes les ondes négatives qui se trouvaient à ma portée. Je m'étais convaincu que la souffrance des hommes était aussi la mienne. C'est tellement vrai ! La souffrance des autres est aussi la nôtre. Il fallait que je porte ma croix, mais aussi toutes celles des autres. Je sais mieux faire la part des choses, à présent, ce qui ne me rend pas égoïste pour autant. Quand on aime les gens et que l'on sent chez eux une détresse importante, des cicatrices béantes, des mauvaises vibrations, il faut absolument leur apporter une forme de soulagement, trois fois rien, « une minute de bonheur », mais il faut savoir se protéger, car dans le cas contraire, on n'a vite plus rien à donner à personne.

Outre mes chagrins profonds, la mort de Pierre et l'abandon d'Ingrid, couraient sur moi des rumeurs. L'une concernait la nature de mes relations avec les frères Fargette. Quand Jean-Robert Fargette, Petit Ber, fut tué, je n'assistai pas à ses obsèques. Alors que j'étais incapable de tenir le coup dans un enterrement depuis le décès de ma sœur, on raconta que c'était la peur du milieu. Pour compléter le tableau, on affirmait également que Franck Comba et moi-même avions été vus dans le bar où avait été assassiné Francis le Belge, le caïd marseillais. Cela nous valut d'être convoqués au Quai des Orfèvres, d'où nous ressortîmes comme nous étions venus. Désolé, je n'ai jamais fréquenté Francis le Belge ! Et puisqu'on en est à évoquer toutes les rumeurs qui circulèrent sur mon compte dans cette période troublée, fut également émise l'hypothèse selon laquelle j'étais un homosexuel notoire et aussi que j'étais entré en cure de sommeil pour échapper à un contrôle antidopage qui aurait été positif.

Petit à petit, entre la fatigue morale, la fatigue physique et l'accumulation de stress due à l'autogestion et aussi au fait que le feu se soit déclaré dans mon bar, l'Univers, tout s'est effrité. Je mangeais moins, je dormais moins, j'étais de plus en plus angoissé.

Cela avait commencé à Londres, à l'occasion d'un match contre les Wasps en coupe d'Europe (l'épreuve reine après laquelle nous courons depuis le début de l'aventure du Stade-Français). Incapable de rester seul, j'avais passé une nuit blanche dans la chambre du docteur Chalabi. Le lendemain matin, dans le brouillard, je décidai de déclarer forfait. Je passai toutefois deux heures et demie avec Yves Maman, mon ami et le manager de l'équipe, à qui je me confiai dans les grandes largeurs, y compris sur les sujets les plus intimes. Il m'encouragea ainsi : « On a tous droit à une petite minute de bonheur par jour. Accroche-toi à la tienne ! Puis demain tu en auras deux, et après-demain trois. »

Rasséréné, je fonçai rattraper les autres dans le bus qui partait au stade, et je jouai, mal, mais au moins j'étais sur terrain. J'arrivais tout juste à somnoler quelques instants, puis le mal qui m'envahissait chaque jour un peu plus comme une sale bestiole me privait de tout repos. J'étais agité. Je pensais : « Ça y est, c'est la fin ; je vais mourir à mon tour ! »

Quand le cafard ne me laissait plus le moindre souffle d'air, je me réfugiais sur la tombe de Pascale, et je pleurais tout mon saoul, parce que pour survivre, il fallait vraiment que ça sorte.

J'avais éprouvé ce sentiment pour la première fois durant cet été-là, à l'occasion de mon baptême de plongée sous-marine, avec un ami de mon père. En principe, l'on permet à un néophyte de descendre à 3 mètres environ, mais on me fit descendre à 25 mètres, ce qui est pure hérésie ! Même si ce que j'ai vu était magnifique. Je suis remonté et j'ai aussitôt demandé à redescendre, mais cette fois l'air m'a manqué. Ce jour-là, j'ai vu ma mort en face. À bout de souffle, je me suis senti partir.

À cette période, je n'étais pas du tout en forme physiquement. J'ai repris l'entraînement avec un nouveau coach, John Connolly, qui m'a fait bosser comme un fou lors d'un stage, alors que je n'étais pas du tout apte à supporter des cadences poussées.

Je voyais arriver les tests-matches de l'équipe de France de la tournée de novembre, contre l'Australie et la Nouvelle-Zélande, en sachant que je ne serais pas prêt. Mon esprit s'évadait vers je ne sais quel autre monde. Ma mère était parfois obligée de taper dans ses mains et de m'appeler par mon prénom pour me faire revenir de mes pensées morbides.

Au lieu d'avouer mon manque de forme, j'ai basculé dans le surentraînement. Je suis revenu en équipe de France à Clairefontaine très angoissé. J'avais des crises si fortes que je ne pouvais plus respirer, j'avais l'impression d'avoir un sabre en feu dans la gorge, je ne mangeais plus, je n'avais plus faim, plus envie de rien.

Dès mon arrivée au stage, j'ai essayé de cacher mon mal-être aux autres joueurs, mais j'ai demandé au docteur de l'équipe de France, Thierry Hermerel, de me sortir du cercle vicieux dont j'étais prisonnier. Il me prévint : « Je vais te donner deux somnifères, quand tu auras dormi, ça ira déjà mieux. » Mais en fait pas du tout.

Un soir, j'ai craqué. J'ai pris la voiture et j'ai quitté Marcoussis, je n'en pouvais plus. Le docteur Chalabi, chez qui j'avais passé la nuit quarante-huit heures auparavant, a mesuré tout de suite la gravité de mon cas, et aussitôt appelé ma mère : « Ne vous inquiétez pas, Nicole, je m'occupe de Christophe. » Je retournai chez moi, au plus mal, heureusement accompagné d'une amie, Sylvie, qui veillait sur moi. Il me fallait toujours quelqu'un avec moi. Je ne supportais pas l'idée de me retrouver tout seul.

Le docteur Chalabi me plaça en cure de sommeil à la clinique du sport. Ma mère arriva aussitôt, Max Guazzini accourut également. Ingrid n'obtint pas l'autorisation de me rendre visite. Elle m'a expliqué plus tard combien ce fut dur pour elle de rester sans nouvelles, sans pouvoir intervenir, alors que tout le monde répétait : « Il » est malade parce qu'« elle » le quitte !

À la clinique, les infirmières virevoltaient autour de moi avec un petit sourire attendri. Elles devaient trouver touchant ce costaud de rugbyman, qui pleurait dans les bras de sa mère. Elle me semblait assez gaie et détendue, mais en fait, dès qu'un copain venait me voir, elle sortait pleurer toute seule dans le centre commercial avoisinant. Je ne le savais pas encore, mais maman était en train de développer un deuxième cancer, du sein.

Elle répétait : « Christophe, tu penses trop. Arrête de penser ! » Au réveil, après avoir dormi, je lui demandai : « Maman, pourquoi je dors ? » Et quand je ne dormais pas : « Maman, pourquoi je ne dors pas ? » J'étais retombé dans le désarroi de mon enfance.

Je restai onze jours au repos absolu, plongé dans un sommeil artificiel.

Je reçus la visite de Mounir Chennaoui, responsable de haut niveau du Centre d'entraînement des astronautes, contacté par le docteur Chalabi. L'idée était de m'imposer des tests poussés pour voir si j'étais bien en surentraînement. Alors que j'étais encore dans les vapes, il me fit faire des tas de flexions, me prit le pouls, me fit m'allonger, relever, cracher de la salive, mesurer ma fréquence cardiaque pendant mon sommeil, etc.

Les tests confirmèrent l'hypothèse du surentraînement. Il m'invita à les poursuivre dans un centre hyperperfectionné, où je découvris des singes en centrifugeuses, et une multitude de machines à détecter les moindres réactions du corps humain confronté au stress, à la fatigue, etc.

Cette expérience m'a convaincu de la fragilité du corps humain si l'on n'en prend pas soin. Lorsque notre corps perçoit une faiblesse, il envoie les signaux d'un proche dysfonctionnement. Il faut absolument respecter le langage du corps. J'avais tendance à passer outre les signaux, mais depuis cette démonstration, je fais beaucoup plus attention à moi. Je m'hydrate mieux, je comptabilise mes heures de repos, je m'alimente plus sainement, je laisse à mon corps le temps de récupérer quand c'est nécessaire.

Nous ne sommes pas des machines, encore moins des « guerriers ».

J'ai fini par m'en sortir. J'ai accepté l'idée que ma vie devait changer. Rien que le fait d'envisager un avenir différent de celui auquel je m'attendais me perturbait. Mais dès lors que j'ai reconnu à la vie son mouvement perpétuel, j'ai arrêté de vouloir fixer chaque événement comme on épingle une photo pour se donner l'illusion de l'éternité.

Ma meilleure résolution fut d'essayer de « lâcher prise » plus souvent, au lieu de m'accrocher à ce qui avait été, et n'existait plus désormais.

Pour m'aider, maman m'a parlé de ma sœur alors qu'on n'en parlait jamais : « La vie lui a pris sa jeunesse. Toi tu es là, tu dois profiter de la tienne, Christophe. »

Elle s'accusa d'avoir été une mère castratrice, parfois trop présente : « En perdant la petite, je t'ai trop couvé ! » Elle me rassura sur ce que je considérais comme mes propres échecs : mon divorce, certaines de mes affaires qui ne tournaient plus rond économiquement : « Ton père et moi, on va t'aider. Ne t'inquiète pas, le succès va revenir, il n'y a pas de raison... »

Pour décrire ce qui m'est arrivé, j'emploie le mot « déprime » parce que le mot « dépression » me gêne. Mais le résultat est le même : je pensais ne jamais pouvoir revenir au plus haut niveau. J'étais embarqué dans un processus cyclique. Je passais par des états très hauts puis aussitôt très bas. Je me disais : « Je vais revenir. » Et deux minutes après : « Je n'y arriverai pas. » Je partais courir trois minutes, je revenais essoufflé.

J'étais si angoissé que je ne pensais qu'à une chose toute simple : respirer.

Toute cette période était extrêmement difficile parce qu'il y avait des gens qui étaient en attente de mon retour sur le terrain, alors que j'étais davantage concerné par ma séparation avec Ingrid.

Mais comme je n'avais jusque-là vraiment existé que grâce à ce sport, je me suis rattaché à l'entourage du Stade-Français : Hakim Chalabi, Yves Maman, des amis très proches. Je pense aujourd'hui que sans eux, et sans l'objectif que je m'étais fixé de revenir dans le rugby, je n'aurais pas pu retrouver mon niveau. Eux, à l'époque, ne pensaient pas que je retrouverais mon niveau. Moi-même, je leur disais : « J'ai quelque chose qui a pété dans la tête. » Quand on m'a emmené voir un spécialiste des troubles psychologiques des sportifs de haut niveau, j'étais à deux doigts de me jeter sous un bus. Parce que la douleur morale agissait physiquement sur moi.

Il y a aujourd'hui beaucoup de gens qui se trouvent ainsi entre deux eaux, entre les prémices de la déprime et la maladie elle-même. Cela peut basculer très vite. Survenir brutalement et disparaître comme c'est venu. J'ai vraiment touché le fond à cette période-là de ma vie, je suis resté une vingtaine de jours au fond du gouffre, mais cinquante-cinq jours après, je rejouais au rugby. On m'avait donné des antidépresseurs. J'ai arrêté net, du jour au lendemain. J'ai repris les séances de kinésiologie avec Jean-Yves Becker, à Bandol. Boire beaucoup plus d'eau, me concentrer sur chacun de mes actes, aller à l'essentiel, tout cela m'a permis de guérir, sans médicament.

Je n'avais pas retrouvé toutes mes sensations en tant que joueur de rugby – je suis resté dix-neuf mois en marge de l'équipe de France – mais tout s'éclaircissait autour de moi. On peut – à condition de le décider – retourner très vite dans le positif.

Avec le recul, je me rends compte que si j'ai eu la sensation de traîner un boulet, c'est parce que je n'avais pas encore décidé de revenir vers la lumière. Malgré l'évidence de l'échec de mon mariage, je souhaitais essayer de reconstruire quelque chose avec mon ex-femme. Je me suis essoufflé à essayer de me persuader qu'on avait encore des choses à faire ensemble. Je ne voulais pas lâcher, comme on s'accroche à un rêve.

Cette période fut beaucoup plus difficile à vivre pour mon entourage que pour moi. Ce qui est le plus difficile dans une dépression, c'est d'arriver à se remobiliser, à se fixer des objectifs. Il n'y a que la personne en souffrance qui a ce pouvoir. Personne ne peut rien décider à sa place, mais souvent, on est à bout de forces, incapable de trouver par quel bout commencer.

Je me réveillais le matin, j'avais les larmes aux yeux à l'idée d'aller prendre une douche, tant cet effort-là me coûtait. Je voulais rester au lit. Mais on ne peut pas s'en sortir comme ça. Il faut bouger, bouger, se remotiver. Malgré cela c'était : « Vite, je mange ; vite, je fume, et vite je dors... » Pour ne plus penser. Pour ne plus me poser de questions : « Comment je vais faire ? Comment je vais vivre ? Comment je vais avancer ? Comment je vais retrouver mon niveau de rugby ? Et qu'est-ce que les gens vont dire ? » C'était sans cesse cela qui me revenait à l'esprit. La séparation m'avait fait énormément culpabiliser. Le fait de ne pas avoir été un bon mari, comme mon ex-femme me le disait, me renvoyait à mon passé. Je culpabilisais d'être vivant à la place de ma sœur. Ma vie était devenue lisse. Encéphalogramme plat. J'étais comme un mort.

À la maison, c'étaient des prises de tête avec ma mère, mon ex-femme. Je regardais jouer l'équipe de France à la télévision. Les gens ne savaient pas quoi me dire.

Quand je sens aujourd'hui des gens en difficulté, j'essaie de trouver les mots, parce que je suis passé par là. J'essaie de les soulager, car j'éprouve beaucoup de peine à voir des gens malheureux autour de moi. Il ne faut jamais dire à celui qui souffre : « Tu nous fais chier, à faire toujours la gueule. » Il faut essayer de comprendre, de parler doucement, redonner un sens aux actions. Surtout se satisfaire d'un progrès chaque jour. Hier, se laver les dents était une torture, aujourd'hui, ça va mieux. Demain, il y aura un autre progrès...

L'objectif prioritaire pour apaiser son esprit, c'est de prendre soin de son corps. Boire beaucoup d'eau, évacuer tout le mal par la sueur, les larmes et l'urine. Mais à l'époque, je n'avais pas conscience de cela. J'étais perdu et tout le monde l'était autant autour de moi. Sauf ma mère peut-être. Elle, qui se serait probablement laissée mourir après le décès de Pascale si je n'avais pas été là, s'était remobilisée pour moi, fixé pour objectif de me rendre heureux. Elle, elle savait sans aucun doute ce que j'endurais.

J'ai vu un psychologue mais je n'en ai recueilli aucun bénéfice. Bien au contraire. Avec le psy, c'était un brasier qui envahissait tout mon être. On m'abreuvait d'informations dont je ne savais que faire, tandis que la kinésiologie éteignait les grandes flammes avant de diminuer le feu, pour enfin parvenir à le régler. J'ai pu reprendre le contrôle de moi-même avec la kinésiologie, alors que chaque séance de psychologie m'embrouillait davantage.

Jean-Yves Becker est venu me voir de plus en plus souvent. Il prenait le train, dormait à la maison et me faisait profiter de longues séances. Je n'avais qu'à me laisser faire. Mon corps s'exprimait.

En un éclair, c'est revenu. J'étais devant la glace. Je pleurais et j'ai prié : « Mon Dieu, faites-moi passer à autre chose. » Et en quinze secondes, je me suis convaincu qu'il était temps de tourner la page. La veille, l'idée d'aller trouver mon ex-femme pour lui demander de reprendre notre vie commune m'avait une fois de plus traversé l'esprit, mais au lieu de laisser cette pensée planer, je me suis dit : « Eh bien, vas-y, si c'est cela que tu veux ! Va lui dire que tu veux revivre avec elle ! » Et aussitôt, j'ai réalisé que ce n'était plus du tout ce que je désirais.

J'ai compris combien l'être humain est fragile. On peut descendre très bas uniquement parce qu'une personne vous dit : « Je ne t'aime plus, je m'en vais. » Alors que tout n'est qu'une question d'équilibre entre votre monde intérieur et un monde extérieur que l'on ne contrôle pas.

Ma dépression m'a rendu meilleur, du moins je l'espère. Quand on revient de là-bas, on fait extrêmement attention à soi et aux autres. On profite de chaque situation. J'ai constaté que je m'en étais sorti parce que les fondations (mon père, ma mère et mes amis) étaient très solides. Aujourd'hui, je parle facilement de cette maladie parce que ce n'est pas un sujet tabou pour moi. Combien de gens vont droit dans le mur parce qu'ils reportent leur mal-être sur quelqu'un d'autre : « Je suis mal à cause de toi. » Ce n'est jamais à cause des autres que l'on est mal, c'est à cause de soi.

Juste avant Noël, j'ai recommencé à trottiner un peu. Puis, cinquante-cinq jours exactement après avoir commencé à « dévisser » à Londres, en coupe d'Europe, j'ai retrouvé la pelouse du stade Jean-Bouin, face à Mont-de-Marsan, pour le championnat de France. J'ai joué une demi-heure, sans jus. La semaine suivante, à Pau, j'ai été titulaire, mais guère plus brillant. Connolly m'a fait jouer à l'arrière et non à l'aile, pour m'obliger à me remettre en question. Bon an, mal an, je repartais enfin dans la bonne direction. Remplaçant à Dublin contre l'Irlande dans le Tournoi 2001, j'entrai dix minutes avant la fin, mais ce n'était pas assez pour sentir qu'après ce véritable KO, j'allais vraiment revenir à mon niveau.

J'ai disputé les matches contre l'Italie, le pays de Galles et l'Angleterre, au poste d'ailier, comme d'habitude en équipe de France. La rencontre face aux Italiens fut marquée par une engueulade terrible de Bernard Laporte dans les vestiaires à la mi-temps qui fut filmée par les caméras de France Télévision. L'affaire avait suscité un débat : fallait-il ou non montrer ce genre de scène à des millions de spectateurs ? C'est vrai qu'il nous avait bien « pourris », mais cela ne m'a pas trop gêné. Nous étions nombreux à l'avoir déjà vu dans cet état-là.

La confrontation avec l'Angleterre avait une saveur particulière pour moi. C'est contre les Anglais que j'avais fait mes débuts au Stade de France en 1998, dans une ambiance survoltée. J'y avais marqué mon premier essai avec les Bleus. Cela faisait donc deux ans que je n'avais pas foulé la pelouse de Twickenham et j'arrivais là presque comme un convalescent, avec mes doutes, à la recherche de mes sensations, d'un essai, d'une prise d'intervalle qui me redonnent espoir, une action qui symboliquement me permette de redevenir moi-même. Je rêvais du grand match qui me faisait défaut et après lequel je courais depuis cinq mois en bossant comme un dingue.

Cet essai, je crus un instant l'avoir marqué, mais il me fut refusé. Mon erreur fut de ne pas donner immédiatement le ballon à Garba (Garbajosa), mais Balshaw avait bien navigué entre lui et moi. Malgré le travail de l'Anglais, je filai et pensai avoir aplati dans l'en-but. C'était exact, sauf que – chose rare – je n'avais pas senti que l'adversaire m'avait poussé en touche de quelques millimètres. Quand je revis l'action sur l'écran géant, je compris tout de suite mon malheur. Tout s'effondra. Après le match, Bernard Laporte m'engueula copieusement, parce que nous n'avions pas été bons en défense.

J'accepte la critique quand elle est justifiée et constructive. Quand elle permet de s'améliorer.

Nous fûmes battus à plate couture, enregistrant une défaite (48-19) parmi les plus humiliantes de nos tête-à-tête avec les Anglais. Pendant le temps qu'avait duré mon *nervous breakdown*, nos amis anglais s'étaient métamorphosés physiquement. Tous bénéficiaient des services de préparateurs physiques individuels et beaucoup parmi eux avaient accompli des progrès considérables.

Nous avions fait un bon petit match, mais il ne fallait pas se le cacher, nos adversaires avaient montré quelque chose de nouveau et d'inquiétant pour la suite. Il fallut attendre le 16 juin 2001, lors d'un test-match victorieux contre les Springboks, pour que je renoue avec le plaisir de marquer avec les Bleus.

L'envie est revenue peu à peu. J'ai fait des efforts pour moi, mais aussi pour ma mère.

Fin 2001, alors que je descendais dans le Sud pour me reposer chez mes parents, j'eus la douloureuse surprise d'apprendre que ma mère était à l'hôpital. Mes parents ne m'avaient rien dit pour me ménager. Elle venait de subir une intervention chirurgicale. Il était 16 heures ce jour-là quand j'entrai dans sa chambre. Elle ne remonta du bloc opératoire qu'à 23 heures. J'étais effondré. Comme toujours, elle me rassura : « Je suis un roc, tu sais. J'étais dans les vapes, mais j'entendais les infirmières dire : le fils de Mme Dominici s'inquiète là-haut. Il faut aller lui porter des nouvelles. » Elles étaient bonnes.

Je sais que maman vit toujours avec sa fille. Elle aime entrer dans la chambre de Pascale et, même vingt ans après, sentir son parfum. Moi, je n'ai jamais pu y dormir, mais elle, je sais qu'elle y dort parfois. Cela lui fait du bien. Sur la commode, il y a une vierge, et une photo de moi sur un terrain, en action. Quand je joue et qu'elle me regarde à la télévision, elle fait brûler des petites veilleuses. Elle dit : « C'est pour mes morts, que Dieu me les protège. » Je sais que c'est aussi pour moi.

11

L'HOMME AUX POUVOIRS OCCULTES

Lorsque j'étais en cure de sommeil, un psychologue est venu à mon chevet. Il m'a expliqué : « Monsieur Dominici, vous avez une cicatrice qui n'était pas tout à fait refermée et qui s'est même rouverte. En vous séparant de votre femme vous avez été renvoyé à ce que vous aviez vécu avec votre sœur. »

Sur l'instant, je me suis dit : « Ce mec est complètement timbré. » Mais la vie s'est chargée de lui donner raison. C'est devenu clair comme de l'eau de roche, chaque pas en avant est lié à un événement antérieur, mais pour en avoir conscience, il faut souvent avoir recours à une aide extérieure.

Pour cela on peut se confier à un ami très cher, comme je l'ai souvent fait avec le docteur Chalabi. Il a été présent dans tous mes moments difficiles. Il m'a beaucoup soutenu. On s'est dit des choses déterminantes. Mais l'inconvénient de se confier à un ami, c'est la difficulté qu'il éprouve à vous répondre sans y mêler l'estime qu'il a pour vous, et le côté affectif de la relation. J'ai parfois besoin que l'on me parle de façon neutre, presque détachée, qu'on m'aide à considérer le quotidien sous des angles inattendus, avec plus de hauteur ou plus de recul, plus de spiritualité.

Et c'est au moment où j'éprouvais ce besoin impérieux que la vie a placé Dylan sur ma route. Psychologue, tarologue, astrologue, Dylan est un être hors du commun avec lequel je suis toujours en relation. Je ne m'engage jamais dans un projet d'envergure sans le consulter. Je peux passer trois heures au téléphone, où que je sois dans le monde, bien qu'il ait lui-même un emploi du temps extrêmement chargé puisque, en marge de ses activités, il donne de nombreuses conférences, et accompagne psychologiquement des enfants autistes.

Je parle plus avec Dylan qu'avec mon propre père. Il me propose des solutions à mes problèmes, impossibles à trouver dans une relation père-fils. D'autant qu'entre mon père et moi, qui sommes si pudiques, les démonstrations affectives restent limitees. On parle concrètement travail, commerce, famille, rugby, mais les questions de fond ne sont pas abordées. Mon père était un grand rosiériste quand Pascale est décédée. Il avait plein de projets ; il a tout laissé tomber. Cela me fait encore beaucoup de peine, même si je ne le lui ai jamais dit.

Avec Dylan, toutes les choses sont dites, et il faut un certain temps pour les digérer. Je ne sais jamais combien de temps cela va me rester sur l'estomac, mais quand enfin, j'admets ce qui est, j'ai le sentiment d'avancer, d'être plus fort mentalement, bref, d'arriver aux portes de la sérénité. Cela ne fait pas très longtemps que je peux dormir sur mes deux oreilles, et c'est à Dylan que je le dois.

Je suis entré en contact avec lui par le biais de mes parents, au moment de ma dépression. Il devait faire une conférence sur les sportifs de haut niveau dans le cadre d'un colloque sur le thème « Astrologie et comportements ». Il avait contacté la rubrique « Sport » du *Parisien*. On lui avait donné le numéro de mes parents. Ceux-ci l'ont accueilli aimablement au téléphone, et mon père lui a parlé de mon « accident nerveux ». Dylan a alors proposé d'étudier mon thème astral qu'il leur enverrait par la poste, à condition qu'ils lui indiquent le lieu, le jour et l'heure de ma naissance – le 20 mai 1972, à 14 heures, à Toulon.

Pour lui, l'astrologie est un moyen ludique d'entrer en contact avec la personne qui le sollicite. Mais il n'est ni un magicien, ni un vendeur de rêves. Il est pour moi comme un médecin de l'âme.

Sa lettre à mes parents, datée du début 2001, comportait beaucoup de détails véridiques et très intimes sur ma vie. Son ton était très rassurant :

« Cette épreuve permet à Christophe de comprendre en profondeur tout ce qui a pu lui arriver. Cette étude de lui-même et ensuite celle des autres lui apporteront sans cesse un enrichissement culturel toute sa vie durant [...] Sa vue est bonne. Au sens propre comme au figuré. Il bénéficie du sens de l'anticipation avant même d'avoir compris la situation. C'est un être qui aime les plaisirs de la vie, mais en use plutôt qu'en abuse. Il est prudent dans tous les domaines, il a conscience de ses limites, et par sociabilité, il ne les dépasse jamais. En revanche, le sport est là pour catalyser cette force indomptable, car il y a dans son thème beaucoup de noblesse, de respect, mais aussi de déchaînement pour tenter d'évacuer ses "prises de tête". Chez lui, la révolte est flagrante. Il est épris de justice et de liberté, mais ne cesse de s'insurger. Susceptible, rancunier, il possède une mémoire d'éléphant. Le sacrifice ne lui fait pas peur, car il sait très bien rebondir de lui-même. Physiquement, il est capable de se refaire une santé en un temps record grâce à son organisme et sa volonté. Il possède une santé organique hors du commun. Ne pensez pas que sa dépression ait amoindri cela. Au contraire, à partir de maintenant, il sera moins tête brûlée, et fera preuve d'une réflexion étonnante, et d'une tolérance exemplaire [...] L'épreuve qu'il vient de traverser l'autorise désormais à se mettre beaucoup plus à l'écoute de son cœur, de son corps et de sa tête. C'est ainsi qu'il va se mettre à l'écoute des autres car c'est toujours par soi que l'on commence pour servir autrui [...].

« Sur un terrain de rugby, son esprit combatif est étroitement lié au plaisir, ce qui entraîne une forme de popularité rare, mais surtout, ce sont ses sens en éveil qui lui permettent d'avoir toujours un métro d'avance sur les autres, ou par rapport au ballon. Il lui est ensuite aussi difficile de digérer la réussite que l'échec [...]. Beaucoup d'autorité pour dissimuler révolte, indignation et déceptions affectives [...] Sensibilité exacerbée [...] Générosité naturelle [...] Intelligence du cœur [...].

« Son prénom est très évocateur : Christophe : Christ – eau – feu. C'est-à-dire Christ (bois et terre) ; eau et feu : les quatre éléments de l'ésotérisme.

« À lui désormais de reconnaître ses richesses, maintenant qu'il a trouvé ses faiblesses. Il doit apprendre à se construire et à se réaliser parce qu'il aime tout en sachant ce qu'il n'aime plus.

« S'il n'est pas abusé, une protection financière lui est assurée. Je reste à votre disposition... Etc.

« Bien à vous.

« Dylan. »

La lecture de la lettre me laissa interdit, troublé et attiré par ce personnage. Je décidai de le rencontrer. Le rendez-vous fut pris à Paris dans un restaurant. Tout en dînant, il m'a parlé de moi. J'étais désarçonné. Je me reconnaissais tant dans ses propos !

Il m'a raconté : « Tu vas croire que je suis fou, mais ta sœur Pascale m'a parlé. Elle avait les cheveux longs, elle passait souvent la main dans ses cheveux châtains. Elle n'avait pas les ongles longs. Elle m'a dit : "Dites à mon frère qu'il n'achète jamais aucune moto." Je n'avais averti personne, mais j'étais justement en train d'acheter une moto puissante. La veille, j'étais passé chez le concessionnaire qui m'avait dit : "Je te la prépare pour demain, pas besoin de chèque de caution." »

Bien entendu, je n'ai jamais acheté cette moto, ni aucune autre.

Dylan poursuivit son discours : « Ta sœur m'a dit de te transmettre aussi ce message : "774 Donne Amour et Bonté, Si Mon Âme Reste avec Toi." » Je tournai et retournai cette phrase étrangement codée jusqu'à ce que je remonte dans ma voiture, une Smart immatriculée : 774 DAB 92.

Je suis superstitieux. Certains gris-gris me rassurent ou me donnent du courage. Je ne peux pas dire que j'ai de véritables connexions avec l'au-delà, mais je crois qu'il y a quelque chose au-dessus de nous, qui permet à chacun d'avancer. J'ai le sentiment que nous sommes des atomes qui se meuvent et se nourrissent à l'énergie, au-delà de la mort. Je crois que lorsqu'on décède, l'âme se réincarne et entre en contact avec les vivants qui ont aimé la personne. Quelque chose de fort en moi, d'instinctif, m'empêche d'admettre que l'on vient sur terre, que l'on vit, et que l'on s'en va. Si je me force à être aussi rationnel que la plupart des gens, c'est-à-dire ceux qui ne croient pas en l'au-delà, cela me fait flipper.

Je ne ressens plus la terreur de mon enfance. J'ai appris à supporter la souffrance, mais je ne suis pas bien du tout quand mes pensées m'incitent à douter de la vie après la mort. J'ai besoin de mes croyances pour me donner le courage de vivre et de surmonter la douleur.

Est-ce que Dieu existe ? Ou sommes-nous emportés par nos imaginations ? Je suis bien incapable de répondre. Et plutôt incohérent en ce qui concerne ma foi : j'ai refusé de faire ma communion, alors que j'ai absolument tenu à me marier à l'église. J'allume des cierges pour « mes morts » que je salue depuis le terrain vers le ciel lors des grands matches. Seul, il m'arrive de prier !

Disons que je ne crois pas en un Dieu chrétien, seul et unique, mais en une puissance céleste. Je crois aux forces du Bien.

Parfois, je ferme les yeux et je me détache de l'endroit où je suis. Je plane dans le ciel sans difficulté, sans danger, libéré et je commence à voir la Terre de plus en plus loin, le jour et la nuit, le Soleil et la Lune se confondent et là, je croise d'autres énergies. Je vois distinctement le visage de personnes qui sont mortes, mais qui produisent des flashes. Elles viennent me voir. Je leur parle. Je leur demande des solutions. Comment je dois me comporter. Ce sont des voix qui me font du bien. Que je sens très proches du cœur. Bien sûr, ma sœur est présente. Bien sûr qu'elle est là... Ma sœur m'aime et m'aide comme elle l'a toujours fait.

En avril 2005, Dylan m'a appelé la veille de la demi-finale de coupe d'Europe contre Biarritz. « Ta sœur possédait un bijou qui se trouve chez toi. C'est comme un talisman pour toi maintenant. Un porte-bonheur.

C'est un petit trèfle à quatre feuilles. Il faut absolument que ce bijou soit avec toi demain. Ta sœur va t'aider. Surtout, n'oublie pas de le prendre ! »

Le lendemain, je claque la porte de chez moi et j'oublie le bijou. Je m'en aperçois dans les vestiaires, une heure avant le coup d'envoi, j'en étais malade. J'ai aussitôt confié les clés de ma voiture à un ami, Philippe, qui est allé chercher le trèfle. Il a défoncé une aile de ma voiture tellement il est allé vite, mais il m'a rapporté le bijou à temps. Ce jour-là, nous avons battu Biarritz 20-17 : j'ai marqué l'essai de la victoire à la quatre-vingt-neuvième minute...

Avec Dylan, je me suis intéressé à l'astrologie. J'ai essayé des tas de techniques dont certaines m'ont paru totalement démentes, même si je peux admettre l'idée qu'elles aient fonctionné pour d'autres que moi. Des gars qui se prétendaient capables de me faire gagner des matches, j'en ai croisé dans ma vie, mais avec l'astrologie, nous ne sommes pas dans la magie, nous sommes dans une réalité. Jupiter est à telle place, telle étoile est à tant de degrés, le vent souffle à telle vitesse, la Lune est positionnée d'une certaine façon, etc. Nous sommes confrontés aux conditions de l'univers depuis notre naissance. La Lune provoque des raz de marée, pourquoi n'agirait-elle pas sur le caractère et les dispositions d'un individu ? Pourquoi la végétation, les climats, les animaux subiraient-ils des influences et pas les hommes ?

Pourquoi ne pas croire qu'en établissant un contact spirituel avec Dylan, je ne recueille pas les informations dont j'ai besoin pour continuer à vivre pleinement ma vie ?

J'ai découvert des tas de choses sur moi, grâce à mes échanges avec Dylan. Des choses qui m'aident à devenir un meilleur rugbyman, et un homme meilleur, tout simplement. Je suis un jusqu'au-boutiste. Quand je fais des erreurs, j'ai besoin d'aller droit dans le mur, pour renaître et non essayer de bricoler un vague fonctionnement en demi-mesure. J'ai besoin d'être comme un funambule, sur le fil du rasoir. J'ai besoin de frôler les ravins, de jouer au poker, pour sentir monter le danger, la peur de tout perdre en une seule fraction de seconde, et l'adrénaline circuler dans mes veines. J'ai besoin de vivre sur un mode dangereux... pour trouver mon équilibre, même si je ne me considère pas comme une tête brûlée.

J'ai appris que ce que je recherchais dans le rugby, ce n'était pas un jeu, mais un climat. Qu'il était de mon devoir d'insuffler aux autres un esprit d'équipe. Alors que je déteste me mettre en avant, je prends souvent la parole avec une autorité naturelle qui ne correspond pas à mon comportement dans la vie, où j'ai horreur de me faire remarquer. Je souhaite le succès de mon équipe de tout mon cœur, je veux y contribuer, mais j'ai pourtant horreur d'être mis sur un piédestal. J'y suis mal à l'aise. Grâce à mon éducation, j'ai appris à me garder d'avoir la grosse tête, et d'ailleurs, les rares fois où je me suis un peu envoyé en l'air à ce niveau-là, le destin s'est chargé de me remettre vite à ma place !

Quand on a du succès, les choses sont faciles et ne se font pas attendre, mais quand on est dans le trou... c'est différent. Pourtant, je me suis aperçu depuis le fond du gouffre qu'il m'arrivait de suivre le chemin de ceux dont je détestais le comportement.

Cela m'a servi de leçon. Depuis, disons que je pratique l'autogestion et l'autodiscipline, sans pour autant m'autoflageller.

L'errance de la dépression m'a appris à me protéger. J'ai encore des angoisses qui me taraudent, mais en buvant un bon coup d'eau, en respirant à pleins poumons, j'arrive à les calmer.

Quand j'ai été rattrapé par mon passé, j'ai compris que pour une raison qui m'était jusque-là étrangère, j'avais peur de l'abandon, et peur de mourir. J'avais créé un cordon pour me rattacher à ma sœur ; quand il a cédé, c'est toute ma vie qui est partie à vau-l'eau. Grâce à Dylan, j'ai accepté de faire confiance à mon instinct, et de développer une sorte de sixième sens pour essayer de ressentir les choses plutôt que chercher à les comprendre.

J'ai également inversé le sens que je donnais au mot « amour ». J'ai toujours imaginé que j'en attendais plus que je ne pouvais en donner. Or, mon côté protecteur, chef de clan, c'est mon assurance vie. J'ai besoin de donner de l'affection, d'être attentif aux autres, de mettre en rapport les uns avec les autres. Dylan dit souvent : « L'amour universel et désintéressé permet de sortir vainqueur ! »

Au bout du compte, ma dépression aura été bénéfique car je me suis rendu compte que j'étais plus en conflit avec moi-même qu'avec les autres.

Et je me suis dit que la meilleure façon de réagir était, comme je l'avais fait après la mort de ma sœur, de me servir de mon mal-être pour me transcender, et démontrer qu'au bout du compte, quand ma carrière sera terminée, j'aurai été plus qu'un simple joueur de rugby.

Dylan raconte souvent cette fable : « Les dieux se réunirent et dirent : l'homme est une machine très performante, capable de tout comprendre, de s'adapter à toutes les situations, de soigner ses maladies et panser ses plaies. Cachons-lui son bonheur à l'intérieur de lui-même. Les hommes sont tellement bêtes qu'ils feront le tour de la planète pour le trouver. Ils tenteront des tas d'expériences, soulèveront des montagnes, descendront des torrents, mais ils n'iront pas le chercher là où il est ! »

Oui, je pense que le bonheur, nous l'avons en chacun de nous.

12

La valse des entraîneurs

Au printemps 2001, j'ai fini le Tournoi des Six Nations comme titulaire, mais à la fin de l'année, j'ai perdu ma place en équipe de France. Nous avions fait une première tournée dans l'hémisphère Sud où nous fûmes battus par la Nouvelle-Zélande, et vainqueurs à une occasion de l'Afrique du Sud. À la tournée suivante, Bernard Laporte choisit de retenir Rougerie et Bory, me laissant ainsi à l'écart.

Je ne fus titularisé que contre les Fidji, à Saint-Étienne (77-10), où je marquai deux des douze essais inscrits ce jour-là. On peut dire que la moisson 2001 avait été bien faible en ce qui me concernait.

En février 2002, le Stade-Français devait disputer un match de coupe d'Europe à Trévise, en Italie. Le terrain était gelé. Malgré l'insistance de Max Guazzini et l'occasion qui m'était offerte de me faire remarquer en vue de la sélection en équipe de France, j'hésitais à jouer car j'avais comme un mauvais pressentiment. Je décidai malgré tout de me présenter sur le terrain, et « comme par hasard », je me fracturai la clavicule droite.

J'ai deux larges cicatrices au niveau des articulations à hauteur des épaules. La gauche a sauté au moins une trentaine fois du temps où j'étais à La Valette. On a dû la mettre en butée, car elle était devenue tellement laxe qu'elle sautait et revenait toute seule en place. La droite avait été opérée une première fois en 1998.

À la suite de cette blessure en Italie, j'allais rester dix-neuf mois loin des Bleus !

C'était le temps de toutes les désillusions, puisque, avec le Stade-Français, nous fûmes battus en finale de la coupe d'Europe, à Paris, face à Leicester (30-34) Titre que nous convoitions par-dessus tout.

Une fois remis de mon opération à la clavicule droite, ce qui me valut trois mois et demi d'arrêt, je me blessai au tendon d'Achille. Cela me priva d'une tournee avec les Barbarians en Angleterre. Enfin, pour couronner le tout, je me blessai au genou dès ma reprise !

L'équipe de France, cette année-là, réalisa le Grand Chelem sans moi.

Parmi l'ensemble des désillusions qui émaillèrent ma vie à cette période, l'échec en finale de la coupe d'Europe 2001 fut de loin la plus difficile à accepter. Nous jouions au Parc des Princes, à quelques enjambées du stade Jean-Bouin, autant dire « à la maison ». À la fin du temps réglementaire, nous étions champions d'Europe... Et trois minutes d'arrêt de jeu plus tard, le titre nous échappait.

Notre entraîneur, John Connolly, ayant écarté le joueur emblématique de notre équipe, Christophe Laussucq, nous fûmes éliminés, une semaine plus tard, en quart de finale du championnat de France, par le Biarritz olympique (19-35).

Les Anglais de Leicester nous arrachèrent la victoire parce qu'ils se montrèrent plus forts que nous. Ils marquèrent trois essais et nous fûmes incapables de gérer l'événement et de trouver la parade.

À l'époque, le rugby était un petit peu passé au second plan pour moi. Ma motivation n'était pas brillante. Je l'avais d'ailleurs avoué au *Parisien*, ce qui me valut le lendemain un coup de fil matinal de

Max Guazzini, furibard : « Qu'est-ce que tu racontes ? Tu crois que je te paie depuis deux ans à ne rien faire ? »

Comme quoi, il faut vraiment faire attention à ce que l'on dit ! J'avais déclaré : « Le rugby n'est plus ma priorité. » En fait, je voulais dire que ma priorité était de me reconstruire, et que mon rugby reviendrait, par voie de conséquence.

On n'y était plus du tout ! Il fallait analyser les raisons de cette double débâcle. L'une d'entre elles incombait selon moi à notre entraîneur qui ne faisait pas assez tourner les effectifs. Il avait en tête son équipe type et quoi qu'il arrive, que les titulaires soient fatigués ou que les remplaçants soient en grande forme, il n'en changeait plus ! Certains joueurs le vivaient très mal. John Connolly était un Australien qui ne s'exprimait qu'en anglais. Ses paroles étaient traduites par les joueurs bilingues, mais l'émotion, la saveur des mots se perdaient en route et cela affaiblissait la portée de son discours. Rien à voir avec notre premier entraîneur, Bernard Laporte, qui non seulement savait trouver les bons mots, mais connaissait aussi la manière de les dire. Connolly avait été amené à remplacer Georges Coste, remercié juste avant le titre acquis en 2000. La barrière de la langue s'avéra impossible à franchir, alors que je considérais Connolly comme le meilleur entraîneur technico-tacticien que j'aie connu. Il m'avait fait progresser sur de nombreux points, très techniques. Il était toujours très précis, rigoureux à l'extrême. Très fort dans ce qu'on appelle les « nettoyages » (libération de la balle quand on va au sol). Il analysait vite les situations, identifiait en un coup d'œil les forces et les faiblesses adverses pour nous donner rapidement des solutions.

Déjà, lors de la finale 2000, alors qu'il n'avait pas encore pris ses fonctions pour remplacer Georges Coste, Connolly s'était joint à nous dans les vestiaires alors que nous affrontions Colomiers. À l'issue de la première mi-temps (14-13), nous n'étions pas au mieux. Il nous conseilla : « Attaquez au milieu du terrain et inversez le sens de l'attaque car les défenseurs adverses partent toujours dans le même sens. » On est rentrés, on a attaqué en inversant et on a marqué l'essai !

Ce sont des choses que l'on n'oublie pas ! Il avait ce pouvoir de donner des solutions concrètes applicables dans la foulée. Lorsqu'on se trouve impuissant face à une équipe dominatrice dans tous les compartiments du jeu, qui a la capacité de s'organiser pour marquer, l'aspect psychologique devient évidemment secondaire. Si l'on n'a pas un coach capable de donner rapidement des solutions techniques, les moyens de lutter, la défaite est inéluctable.

À son arrivée, nous avons disputé consécutivement dix matches de très haut niveau. Nous infligeâmes une défaite de quarante points à Bourgoin ! Personne n'avait jamais vu cela ! Nous étions devenus de véritables machines de guerre, mais pas infaillibles : la preuve, nous n'avons remporté aucun titre tant qu'il fut à nos côtés. C'est pourquoi il dut s'effacer, sous la pression d'un certain nombre de joueurs. Cette fois-là, je me suis tenu volontairement à l'écart. Je n'avais pas envie de reprendre à mon compte les conséquences toujours désagréables d'un limogeage après ce que j'avais déjà vécu lors de l'éviction de Georges Coste.

C'est Max Guazzini qui, en tant que président du Stade-Français, a remercié officiellement Connolly, en employant la manière forte, des mots très durs, de façon à ne lui laisser aucun espoir.

À la rentrée 2002-2003, ce dernier fut remplacé par Nick Mallett, avec lequel nous gagnerons deux titres de champions de France (2003 et 2004).

Sud-Africain, bilingue, grand meneur d'hommes, fin psychologue, Mallett utilisa à merveille les bienfaits du « management ». Pour lui, tirer le meilleur de chacun de nous était essentiel. Pour y parvenir, il s'appuyait aussi sur les fondamentaux techniques, le sens du jeu et... les qualités hormonales. Mallett a su gérer un groupe à travers ses rapports avec les joueurs et leurs rapports entre eux, dans une démarche toujours très positive.

Depuis deux ans, nous sommes entraînés par Fabien Galthié. C'est un jeune entraîneur, qui a certainement connu toutes les exigences du rugby dans sa carrière de joueur. Il a participé à quatre Coupes du monde, ce qui n'est pas rien. Moi qui essaie d'en disputer une troisième, je mesure l'ampleur de la performance. Fabien Galthié est quelqu'un de passionné, qui a envie d'accomplir de grandes choses avec nous. Je pense qu'il a l'envergure pour nous mener très loin. Son style est un compromis de ce qu'il a découvert de meilleur chez Bernard Laporte, John Connolly et Nick Mallett et probablement parmi les entraîneurs qu'il a côtoyés à Colomiers. Il a appris très vite son rôle et comme il était très exigeant envers lui-même lorsqu'il était joueur, il l'est tout autant vis-à-vis de nous. Fabien est un travailleur-né. Il étudie beaucoup le jeu en vidéo et il est toujours en recherche de nouveaux exercices pour qu'on progresse encore techniquement.

Il est à l'écoute de ses joueurs, mais nous laisse tout de même beaucoup de liberté.

Je ne suis pas dans le secret des dieux, mais je pense que lui et Bernard Laporte échangent des informations. Ils ont été très proches. Fabien était le capitaine de Bernard Laporte, lors de la Coupe du monde 2003, et du Grand Chelem 2002.

Mes rapports d'homme à homme avec lui sont très cordiaux. C'est très dur pour nous de passer d'une relation de joueur-joueur à celle d'entraîneur-entraîné. Mais cela doit être encore plus difficile pour lui, parce qu'il doit juger, prendre des décisions, et défendre ses points de vue.

Mais quand, de part et d'autre, on agit intelligemment, il n'y a pas de problème. Il est jeune, nous pouvons nous parler. Il est à l'écoute des autres, alors qu'un entraîneur plus expérimenté se contentera peut-être de mettre en place « sa » vérité. Fabien et moi discutons pas mal du jeu.

Quand Max Guazzini ou la presse me désigne comme son éventuel successeur au Stade-Français, j'élude la question, parce qu'elle n'est pas d'actualité, mais je ne me sens nullement gêné vis-à-vis de Fabien. Il sait très bien que je ne suis pas là pour lui prendre sa place. En revanche, il se trouve que, après la Coupe du monde 2007, Bernard Laporte quittera la tête de l'équipe de France et que, alors, Fabien Galthié pourrait prendre sa suite. Le Stade-Français se retrouverait comme en 2000, sans entraîneur, et moi je serai peut-être en fin de carrière.

Si l'on me demande un jour d'entraîner le Stade-Français, pourquoi pas ? Mais pour l'heure, ce sujet n'est pas du tout dans l'ordre de mes priorités.

13

La Coupe du monde, du bout du monde

Le Tournoi des Six Nations 2003 s'est disputé sans moi. Le Tournoi ET la tournée automnale 2002. En ces deux occasions, j'ai attendu que Bernard Laporte m'appelle, mais rien. Pas de nouvelles. Il avait de meilleurs joueurs que moi sous la main, et Bernard n'est pas du genre à faire passer l'affectif avant la raison du plus fort. Contrairement à ce que j'entends dire fréquemment – il m'accorderait plus de chances qu'aux autres, attendri par le fait qu'il m'a fait débuter au Stade-Français ou parce que soi-disant je parle bien aux hommes –, je pense que c'est l'inverse, il y a des jours où je me demande même s'il n'exige pas plus de moi que des autres ! À un journaliste qui s'étonnait, lors du dernier Tournoi des Six Nations, de voir Bernard Laporte me sélectionner pour plusieurs matches d'affilée, je fis remarquer, sur le ton de la plaisanterie : « Si j'étais con, je pense que depuis le temps, il aurait fini par le remarquer ! »

Après ces deux claques, j'ai fini par prendre un peu de recul. Personne n'est indispensable et encore moins en equipe de France. Il faut constamment prouver sa valeur. Chaque match est une remise en question. Si l'occasion n'est pas donnée, il faut la provoquer, aller la chercher, continuer à s'entraîner dur, rester aux aguets, toute situation dans le rugby pouvant tourner aussi vite dans un sens que dans l'autre. Comme le dit avec une grande sagesse, Tana Umaga, une des stars du rugby néo-zélandais, Samoan d'origine : « Les Samoa sont des îles où l'on relativise les aléas de l'existence. Chaque chose doit se faire dans son temps, se produit quand elle le doit, pas quand vous le voulez. »

Les soirs les plus noirs, l'idée d'arrêter, à 31 ans, me venait à l'esprit, même si je ne l'ai jamais laissee se développer en moi.

L'abandon est une forme de renoncement, et je ne renonce jamais facilement à ce que j'ai aimé. Mais je n'arrivais pas à sortir la tête de l'eau. J'eprouvais des sentiments mesquins. J'étais envieux des joueurs qui se défendaient bien à mon poste : Clerc, Garbajosa, Heymans, Rougerie, Bory. Et vindicatif à l'égard de Bernard.

Du côté du Stade-Français, l'ère Connolly arrivait à son terme, avec une série de matches catastrophiques qui nous barrèrent l'accès aux phases finales.

Juste avant la reprise, en juillet 2002, Franck Comba et moi décidâmes de renoncer à nos vacances pour nous refaire une santé, grâce à un programme ambitieux mis au point par les préparateurs physiques du Stade-Français.

Pour compléter, nous faisions également des allers-retours en Auvergne, à la rencontre de Steve Nance, le préparateur de l'AS Montferrand, surnommé le « gourou » australien. J'avais acheté le logiciel de la méthode d'entraînement des Australiens – Steve avait été leur entraîneur. Steve nous donna des exercices physiques en plus du programme du Stade-Français.

À Solliès-Pont, tout le monde se mobilisa, les amis répondirent présent pour m'aider à me rebâtir un physique, à commencer par un bon copain, *alias* Zatopek, spécialiste de la course de fond. Franck et moi acceptâmes tout ce qu'il nous était possible d'encaisser physiquement. Des courses pour l'explosivité et l'endurance :

sprints, 400 mètres, 800 mètres... Ce furent de véritables travaux d'Hercule : soulever de la fonte, sauter, ramer... En en bavant jusqu'à sentir nos limites.

À la rentrée, j'espérai partir en tournée avec l'équipe de France, mais entre-temps, Vincent Clerc avait éclaté, il méritait sa place.

Il ne me restait plus qu'à me faire humble et accepter de bonne grâce un poste à l'aile en équipe de France A, où j'ai joué tous les matches à fond.

À partir du moment où je ne dominais pas mon sujet, il était logique que je ne figure pas dans le groupe de tête.

Parallèlement, avec le Stade-Français, nous négociâmes un très bon début de championnat 2003, avec, en matches de poules, un superbe match face à Grenoble qui servit de déclic.

Après deux ans privés de titre, nous avions une fringale énorme, et nous enlevâmes notre troisième titre en éliminant Biarritz (32-9) en demi-finale, et Toulouse en finale (32-18) au Stade de France.

La célébration fut de courte durée. Après une belle fête jusqu'à 5 heures du matin, je rejoignis Marcoussis sur les coups de midi, avant de m'envoler enfin avec l'équipe de France pour Buenos Aires, où nous attendaient les Pumas d'Argentine.

Quand, le mercredi 11 juin, Jo Maso prononça officiellement mon nom, j'éprouvai alors une joie immense, mais très retenue, et un grand, grand soulagement, même si je savais qu'une sélection n'est pas une finalité, mais seulement une occasion de bien faire. Le match n'allait pas être terrible (défaite 10-6). Je disputai tout le match avec une « béquille », une douleur violente et tenace provoquée par un coup porté sur la cuisse. On me ponctionna d'ailleurs un demi-litre de sang pour résorber l'hématome, et malgré les soins dont je bénéficiai, je ne pus disputer ni le deuxième test, en Argentine, ni le troisième contre la Nouvelle-Zélande.

J'étais abattu. J'avais l'impression que, quel que soit mon investissement dans ma carrière, je serais toujours rattrapé par la poisse. Au regard de mes efforts, le plus dur restait d'accepter ce nouveau contretemps sans broncher.

Depuis la Nouvelle-Zélande où je n'étais qu'infortuné spectateur, je téléphonai à Dylan pour lui raconter mes malheurs : « Je suis blessé, je n'ai pas fait un bon match contre l'Argentine, on a perdu, je ne joue plus, je ne vais pas pouvoir faire la Coupe du monde, c'est la fin ! »

De sa voix tranquille, il me répondit : « Je t'ai dit que tu ferais la Coupe du monde, tu feras la Coupe du monde ! » Puis il raccrocha, me laissant très perplexe jusqu'à l'annonce de la sélection, dix jours plus tard en France.

Le 30 août 2003, eut lieu un test-match contre les Anglais (17-16) à Marseille, « chez moi ». Le stade Vélodrome est un lieu que j'adore parce que c'est toujours très chaud et que tous mes amis viennent de Toulon pour m'encourager.

Ce fut un match référence pour moi car je ressentis nettement le déclic que j'attendais depuis si longtemps. Il tombait vraiment à pic. Parfois, il suffit de pas grand-chose pour retrouver la confiance en soi. J'avais besoin de passer un test sérieux face à un bon ailier pour me relancer. Je me sentis rassuré. Bien sûr, cela demandait confirmation, mais tout ce qui avait fait ma force jusque-là, appuis, vitesse, agressivité, tout semblait se remettre en place comme les pièces d'un puzzle.

Je me sentais au meilleur de ma forme, prêt à jouer à 350 % de mes moyens. Je savais que tout le monde m'attendrait au tournant, mais ça tombait bien car moi aussi, je n'attendais que l'occasion de prouver ma valeur.

Quand la sélection fut dévoilée – je l'appris par un ami journaliste au *Parisien*, Bertrand Bourgeot – j'en ai pleuré avec ma mère à l'autre bout du téléphone.

Les sélectionneurs avaient dit qu'ils appelleraient les joueurs qu'ils ne sélectionneraient pas. Une horreur ! On devait être tous devant notre téléphone en priant : « Pourvu qu'il ne m'appelle pas ! P... S'ils m'appellent, je suis mort ! »

Tant que le téléphone restait muet, l'espoir était permis. J'ignorais alors que commençait à sourdre une nouvelle polémique, selon laquelle Bernard Laporte ne m'aurait retenu que par pure amitié ou pour l'ambiance que je pourrais mettre dans le groupe. J'étais très agacé par ces commentaires. D'autant que je savais que sans mes excellents résultats aux tests physiques, Bernard ne m'aurait jamais pris.

C'était une offense à tout le travail que j'avais accompli pour revenir à niveau après quatre ans de hauts et de très bas – au pire de ma crise en 2000, j'avais perdu 8 kilos ! – mais j'avais une réponse qui laissait mes interlocuteurs pantois : « Pourquoi, s'il tenait tant que ça à moi, Laporte m'aurait laissé mariner pendant deux ans ? Pourquoi, quand, n'y tenant plus, je lui demandais : “Pour quelles raisons ne me sélectionnes-tu pas ?” il me répondait invariablement : “Parce qu'il y a meilleur que toi !” »

Aussitôt l'annonce officialisée, j'eus une pensée pour Vincent Clerc et David Bory qui ne seraient pas du voyage. Ils avaient attendu autant que moi cette sélection. J'étais bien placé pour savoir ce qu'ils pouvaient ressentir à ce moment-là : quand vous espérez de toutes vos forces, comme si le fait d'y croire soi-même pouvait influencer la réalité imminente, et vous vous retrouvez dans le clan des laissés-pour-compte. Par moments, dans ma carrière, à l'annonce de sélections dont j'étais exclu, je me suis senti comme un môme abandonné par ses parents !

Ma fin de saison avait été prometteuse, j'avais fait de bons tests physiques, je me sentais capable de belles performances.

Nous avons décortiqué les jeux des adversaires avant de partir en Australie bien à l'avance, afin de nous préparer le mieux possible.

Une compétition comme celle-là, passe si vite, qu'ensuite, cela ne revient que par flashes. Impossible de la raconter d'une manière froide et linéaire.

Je me souviens des trois matches de poules : face aux Fidji, en match d'ouverture (61-18) où nous avons fait une très belle performance, largement de quoi nous rassurer ; puis nous avons battu le Japon (51-29) et l'Écosse (51-9). Avant d'éliminer l'Irlande (43-21) en quart de finale. Ce fut un match excitant, démarré tambour battant où notre domination dura jusqu'à la pause

(27-0) et bien au-delà (37-0 au bout de quarante-sept minutes de jeu). Durant ce temps de jeu euphorique, je marquai l'un des essais du match, entre les poteaux, augmentant considérablement notre capital confiance à l'approche du choc tant attendu contre les Anglais en demi-finale. Même si l'expérience des anciens et l'intuition des jeunes nous poussaient à rester les pieds sur terre.

Cette demi-finale face à l'Angleterre, nous l'avions anticipée point par point. Nous savions comment l'arbitre sifflait les pénalités. Grâce à la vidéo, nous connaissions les fautes qui ne lui échappaient pas. Nous avions observé de quelle manière nous pouvions éviter d'être pénalisés bêtement. Nous étions confiants parce que nous avions le sentiment d'avoir tout prévu. Tout, sauf... la météo !

Nous avions prévu de les prendre sur toute la largeur du terrain, leur faire des trucs... impossibles à faire sous la pluie ! Quand il pleut, il est difficile d'envoyer le ballon sur les extérieurs et l'on ne peut pas se faire de longues passes parce que le ballon glisse. Il faut se reconcentrer sur des zones d'affrontement beaucoup plus ramassées, et dans ces conditions, les Anglais sont soudain devenus beaucoup plus denses, beaucoup plus lourds.

Cela vaut pour notre match d'ouverture de la Coupe du monde 2007, contre l'Argentine. S'il pleut, cela ne sera pas facile. Les Argentins apprécient les ballons portés. Ils seront denses, joueront près, ne perdront pas de ballons et ils ne seront pas faciles à contrer.

Quand nous avons appris qu'il allait pleuvoir, nous fûmes contraints d'adopter à la hâte une tactique appropriée aux nouvelles conditions. Nous décidâmes de produire le même style de jeu qu'eux, occuper le terrain, mais malheureusement, ils parvinrent à se nourrir de nos nombreuses fautes.

Nous marquâmes très vite un essai, par Serge Betsen, ce qui nous permit de mener 7-3 au bout de dix minutes crispantes. Moi-même, je fus pris sur un crochet intérieur par Jason Robinson. Quand j'ai vu qu'il passait, instinctivement j'ai tendu la jambe. De mon point de vue, ce n'était pas un mauvais geste, mais un simple réflexe : je ne voulais pas qu'il marque. Je ne suis pas du genre à chercher délibérément à faire mal à l'adversaire, sauf si on vient me chatouiller évidemment, ce qui, en l'occurrence, n'était pas le cas. Je n'ai pas voulu blesser Robinson, mais j'ai néanmoins hérité d'un carton jaune, laissant le XV de France jouer à quatorze durant dix minutes. Blessé lors de cette action, je ne pus revenir sur le terrain. Genou touché. Deux mois et demi d'arrêt.

Par la suite, nous avons perdu peu à peu le fil du match par une succession de petites fautes. Tac-tac-tac, pénalité : trois points ; tac-tac-tac, pénalité : trois points, tac-tac-tac... et ainsi de suite jusqu'à la fin : 7-24 pour l'Angleterre. Il n'y avait rien à faire, ni jeu, ni passes. Les ballons tombaient, les mêlées s'écroulaient...

À l'issue de ce match, Fabien Galthié annonçait sa retraite, laissant sa place à Dimitri Yachvili. Il y eut polémique concernant le match pour la troisième place face à la Nouvelle-Zélande. Nous fûmes pointés du doigt et salement démolis, parce que l'équipe retenue était composée de nombreux joueurs qui n'avaient pas disputé la demi-finale. On parla d'un manque de respect vis-à-vis des All Blacks. Je trouvai ces critiques inappropriées. Un groupe, ce sont trente joueurs et ces critiques étaient plus désobligeantes vis-à-vis des Français qui allaient jouer que vis-à-vis des adversaires. Ces trente joueurs étaient les meilleurs de France. On ne pouvait pas dire que notre groupe était formé d'une grande équipe, battue en demi-finale, et d'une équipe B qui ne méritait aucun respect !

Je restai quatre jours entiers complètement dans le gaz, assailli de questions, essayant de me remobiliser après cette immense déception.

À 31 ans, je doutais de mes chances de pouvoir disputer une troisième Coupe du monde.

D'autant que je constatai que si les gens n'avaient retenu de l'édition 1999 que mon essai contre les Blacks en demi-finale, en 2003, tout le monde se focalisa sur ce tacle sur Robinson. C'était selon moi exagéré par rapport au reste de ma prestation tout au long de l'épreuve.

Fidèle à mon habitude, je me gardai bien de lire la presse où les conseils sur ma retraite anticipée ne manquaient pas. Je préférai écouter ma voie intérieure qui me disait que, non, je n'étais pas fini.

Pourtant, je mis du temps à réfléchir à la conduite à adopter. Par moments, je me disais tout de même : « Mais si, c'est fini ! À quoi bon t'obstiner ? Tu ne seras jamais champion du monde ! Fais-toi une raison ! » Mais heureusement, mes tests physiques étaient toujours excellents. Ils m'ont sauvé dans le sens où cela signifiait que j'avais les moyens de continuer à jouer au rugby au plus haut niveau, à condition d'y mettre toute ma volonté.

Pour retrouver la flamme, il fallait que je me fixe un objectif. Sans objectif bien précis, on n'est qu'un voyageur sans boussole.

L'option la plus basse consistait à renoncer à l'équipe de France et me consacrer aux matches de clubs, en championnat de France et coupe d'Europe. L'option la plus ambitieuse concernait le pari d'être encore compétitif pour la Coupe du monde 2007.

À la réflexion, je savais que l'une n'irait pas sans l'autre. Que si je prenais l'option la plus modeste, je plongerais car je suis un compétiteur qui ne rêve qu'en grandes largeurs. J'ai besoin de me frotter aux meilleurs pour être à mon meilleur. Cette Coupe du monde qui allait se disputer en France me paraissait infiniment loin, comme une toute petite lanterne au bout de l'horizon, mais je décidai de m'embarquer pour ce défi-là.

14

L'aile du désir

Quand je suis arrivé à Toulon en 1993 pour jouer à l'aile on recherchait des joueurs qui couraient extrêmement vite, des finisseurs, pas forcément des gros défenseurs, mais des joueurs de tempérament. Surtout à Toulon. Il y avait des joueurs comme Jehl, Schizano, très costauds tous les deux, Tesseire qui pouvait aussi jouer arrière et puis un garçon comme Jaubert, un garçon très tonique, qui avait le potentiel pour faire une grande carrière. La concurrence était vive.

L'approche du poste était très différente de celle qu'on en a aujourd'hui parce que le jeu lui-même était très différent. Il y avait beaucoup plus de jeu au pied, beaucoup plus de fautes aussi et le rythme était nettement plus haché qu'il ne l'est actuellement. Un ballon qui arrivait à l'aile, c'était presque une rareté. Dans ces conditions, il ne fallait surtout pas se rater.

En fait, il y avait les Toulousains qui avaient déjà un jeu très moderne et des ailiers en avance sur l'époque comme David Berty, par exemple, et puis les autres équipes dont le jeu était beaucoup plus fruste.

Mais bon, à Toulon, quand on rentrait sur le terrain, c'était presque la guerre, même si, par égard pour tous ceux qui la font vraiment, je n'aime pas trop employer ce terme.

Si les équipes résistaient vingt minutes, elles pouvaient nous battre, si elles ne résistaient pas, elles pouvaient prendre beaucoup de points. Tout cela était très agressif sur l'engagement. Agressif et même franchement au-delà. C'était une source de reconnaissance et une valeur très importante à l'époque pour les hommes dans la ville. Il était important de « ne pas s'échapper ». C'est-à-dire qu'on pouvait perdre au rugby, mais il ne fallait pas s'enlever de devant. On nous répétait souvent : « À Toulon, les supporters préfèrent de grandes chandelles avec tout ce qui peut tomber en dessous qu'une double sautee avec prise d'intervalle et essai en bout de ligne. »

Et c'était vrai, c'était cela que les gens aimaient, c'était grâce à cela qu'on était reconnus, c'était de cela qu'on nous parlait dans les bars.

À l'aile, il n'était pas toujours facile de montrer sa détermination au combat. Pourtant, à l'époque, on se battait beaucoup. J'ai le souvenir d'énormes bagarres avec Grenoble. Un authentique respect entre les hommes après les matches. Même en jouant à l'aile, il fallait être présent sur les points chauds. Et c'était souvent des points très chauds. Il fallait montrer sa volonté de se battre. Moi, à cette époque-là, débarquant de Solliès-Pont, s'il fallait traverser le terrain pour s'intercaler dans une « générale », j'étais rarement en retard.

Le premier truc pour un ailier, c'était de bien monter quand un ballon était tapé en touche, histoire de montrer sa vigilance. Il fallait ensuite essayer d'être déterminant sur le peu de ballons qu'on touchait. C'est là aussi qu'on reconnaissait la valeur d'un ailier. Cela reste vrai aujourd'hui bien sûr, mais là, sur l'un ou deux ballons qu'on touchait, il n'était pas question de passer à travers.

C'était un temps où l'on n'était pas très regardant sur le jeu au pied des ailiers et s'il fallait être présent sur les chandelles, on ne s'attendait pas forcément à ce qu'on monte au ballon comme aujourd'hui.

En fait, le poste était beaucoup moins exigeant. Au fil du temps, le rôle de l'ailier a pris de l'importance collective. En défense, en particulier. C'est le dernier défenseur avec l'arrière et s'il rate un plaquage, c'est souvent déterminant. À l'époque, on était beaucoup moins « vu ». Parce qu'il y avait moins de volume de jeu, on était moins souvent mis en situation d'échec.

Plus le jeu a pris de l'ampleur, plus l'ailier s'est trouvé confronté à des avants qui allaient de plus en plus vite. Il a été aussi amené à plus de déplacements, à plus de couverture du terrain. C'est la même chose en foot. Avant, on demandait à un « six » d'être bon en récupération, point. Aujourd'hui, il faut qu'il aille vers l'avant, qu'il se replace, qu'il supplée ses latéraux quand ils montent.

De la même façon, le jeu de l'ailier de rugby a pris du volume. Sur les derniers tests physiques de l'équipe de France, on voit qu'on parcourt entre 7,5 et 8,5 kilomètres par match. Aujourd'hui, le demi de mêlée et les fonds de terrain (ailiers, arrières) sont ceux qui courent le plus. Enfin chez nous. Chez les Néo-Zélandais, c'est le troisième ligne McCaw et le pilier droit. C'est étonnant, mais un pilier qui court autant qu'un troisième ligne, cela donne une idée de leur couverture de terrain et de la difficulté qu'il y a à trouver des failles en attaque.

L'ailier, on lui demande d'être finisseur et d'intervenir un peu partout, on lui demande d'être créatif, on lui demande d'être bon au pied, on lui demande de couvrir son arrière, on lui demande des seconds rideaux défensifs, des troisièmes rideaux. Quand son botteur tape, c'est lui qui se « remange » tout le paquet d'avants adverses... Bref, on demande à un ailier de la consistance et de la diversité.

C'était autrefois, bien souvent, le poste des joueurs limités techniquement, des joueurs qui n'avaient pas beaucoup de rugby derrière eux. Un type pouvait se cacher toute la partie, faire deux crochets, un cadrage débordement sur son vis-à-vis et on disait de lui : « C'est un grand ailier ! »

Même un joueur comme Jonah Lomu, qui fut véritablement le phénomène du rugby mondial dans les années 1995-2000, ne courait pas beaucoup. On a vu que, lorsqu'on lui tapait des coups de pied dans le dos, il était gêné et ne pouvait pas – du fait de son problème aux reins – multiplier les courses, alors qu'il était capable de marquer à un contre quinze comme dans un jeu de quilles !

J'aime ce poste parce que c'est un des derniers, peut-être même le dernier, où des joueurs de types et de gabarits vraiment différents peuvent réussir. On rencontre encore des ailiers qui ont des lacunes dans certains secteurs. Ce que j'apprécie dans le rôle d'ailier, c'est qu'il est un électron libre. Quand j'ai débuté c'était : « Le couloir ! Tu restes le long de la touche, tu cours et rien d'autre ! »

Mais avec la multiplication des temps de jeu, l'ailier a pris sa liberté. C'est formidable dans un jeu qu'on dit de plus en plus structuré. Aujourd'hui, on rentre avec un numéro dans le dos, mais en fait, dès que le jeu est lancé, on n'a plus de poste et c'est à l'aile qu'on a le plus de liberté.

Et je suis persuadé qu'on va aller encore plus loin, que les mentalités vont encore évoluer et que demain les avants seront capables de jouer exactement comme les arrières et inversement. Mais pour l'heure, ce qui me plaît vraiment dans le rôle d'ailier, c'est cette possibilité de créer la surprise.

J'ai une très bonne vue, des qualités d'anticipation qui me permettent d'avoir souvent un temps d'avance. Ce qui compte, c'est la rapidité d'analyse. Aujourd'hui, tout le monde court vite, tout le monde est costaud, ce qui fait la différence, c'est la fluidité du mouvement. Les Blacks ont la capacité de jouer en avançant, de donner une impression de facilité. On commence à réaliser que les Blacks ont un degré de formation technique et individuelle qui nous fait encore défaut. Les courses, cela se travaille très jeune. On a rattrapé notre retard physique sur les Blacks à l'arrière, mais on se rend compte que sur la fluidité des passes, sur les angles de courses, ils sont plus performants que nous, cela n'est que du travail, même s'ils ont des qualités d'appui naturelles qu'on doit, nous, toujours chercher à améliorer.

Depuis que le rugby est devenu vraiment professionnel – en 1997 – dans les faits, le niveau d'exigence athlétique a complètement explosé. D'autant que l'on rencontre désormais tous les ans ou presque les nations de l'hémisphère Sud. Autrefois les All Blacks ne passaient que tous les quatre ans. Ils reviennent désormais pratiquement chaque année mettre le doigt là où ça fait mal.

Le niveau d'exigence s'est encore élevé. Être joueur de rugby exige une lucidité énorme. Le jeu d'avants en particulier avec ses efforts extrêmes en mêlée et dans les regroupements. La complexité des annonces en touche et le règlement dans le jeu au sol ajoutent à la difficulté. Un avant doit être ultra-disponible et s'il n'a pas une condition physique irréprochable, il a vite fait de se mettre dans le rouge et de perdre sa lucidité.

Autrefois, on demandait à un avant de mettre des coups de poing et d'être agressif et puis c'était à peu près tout. Mais la baston, ça n'a vraiment rien de courageux.

En revanche, courir inlassablement, plaquer sans relâche des gars de 115 kilos lancés à pleine vitesse ou écrouler un maul (un tas de joueurs empilés sur le ballon) et se faire marcher dessus par tout un pack, ça, c'est courageux !

Le vrai gladiateur, c'est celui qui reste froid dans le feu de l'action, pas celui qui balance des coups à la première provocation.

J'appartiens à une génération qui a dû s'adapter à tous ces changements, mais cela nous a permis de devenir de meilleurs sportifs, et sans doute, aussi, des hommes meilleurs.

Je n'ai commencé à travailler la course qu'en arrivant à Paris. C'était étonnant. Mais j'ai la certitude que la gagne, c'est davantage une question de volonté que de moyens. Cette volonté de progresser physiquement, je l'ai toujours eue.

On est devenus champions de France en 1998 en se préparant dans une salle poussiéreuse sous les tribunes du stade Géo-André, à la Porte de Saint-Cloud, avec une presse rouillée et des haltères à boules en fonte.

Pourtant, le club avait une politique très professionnelle pour l'époque et on travaillait déjà avec un spécialiste comme Fred Aubert. J'ai découvert une préparation encore plus spécifique, adaptée à chaque situation de jeu, les appuis, le raffut, etc.

Quand John Connolly m'a convaincu de jouer à l'arrière, j'ai encore dû m'adapter. Il a fallu que je forge d'autres qualités.

Même si le club a fait une bonne saison cette année-là, je n'avais pas trouvé les bonnes sensations en passant à l'arrière. Je ne trouvais pas les bonnes courses, je ne parvenais pas à réussir de matches références et malgré une finale de Coupc d'Europc, jc n'avais pas pu atteindre mon niveau.

C'était en 2001, je voulais retrouver l'équipe de France. Je sentais bien que jouer à l'arrière n'était pas le meilleur chemin pour y parvenir et à partir de ce constat-là, je n'y ai pris aucun plaisir. Nick Mallett m'y a fait rejouer par la suite et comme j'avais retrouvé mes sensations et l'équipe de France et que je gambergeais moins, j'ai commencé à y prendre plaisir, à investir vraiment le poste. Et c'est là que j'ai travaillé le jeu au pied, mon placement sous les chandelles, bref, toutes les spécificités techniques du jeu d'arrière.

Jouer ailier ou arrière, peu m'importe finalement. Je dirais même que jouer à l'arrière m'a fait progresser en tant que joueur de rugby, en enrichissant ma panoplie technique et tactique. Je suis sûr que si un jour j'entraîne une équipe, cela m'aidera également.

Paradoxalement, c'est en passant par l'arrière que tout s'est remis en place. C'est en passant par là que je me suis retrouvé en tant que joueur et que j'ai retrouvé l'équipe de France.

Et puis la diversité de ces expériences peut me permettre, même si je suis moins performant, d'intégrer une place sur le banc de l'équipe de France puisque je peux couvrir deux postes et même trois : ailier gauche, mais aussi ailier droit et arrière.

Bizarrement, j'ai débuté à l'aile, mais comme je l'ai dit, je n'ai jamais eu le goût absolu de l'essai. Attention ! Quand je ne marque pas pendant une certaine période et qu'on me le dit, cela m'énerve, j'y pense comme à un challenge en rentrant sur le terrain, et quand je marque je suis content, bien sûr ! Mais en règle générale, ce que j'aime avant tout, c'est créer.

Je ne suis pas spécialement attiré par la ligne, je ne me mets pas délibérément dans des situations pour marquer. Cela me paraît presque trop limité ! Si je reste systématiquement sur mon aile sur les renversements d'attaque je répète que, sans doute, je marquerai plus, c'est sûr.

Alors bien sûr, on a le sens de la ligne, la ligne de touche avec laquelle on flirte sans cesse, et celui de la ligne d'en-but. Je sais que la ligne est là. C'est une gymnastique dans l'espace. On peut avoir le corps au-delà de la ligne et marquer quand même, du moment qu'on ne touche pas le sol de la touche avant d'aplatir. Alors forcément on y pense, on essaie de sentir son corps dans l'espace, de rentrer le pied qui pourrait traîner du mauvais côté. C'est instinctif et excitant bien sûr, une sensation forte et instantanée, mais beaucoup moins que de créer la situation gagnante, de trouver la solution qui va permettre à l'autre de marquer. Créer, vraiment, c'est ça que j'aime.

15

LE « VIEUX » VOUS SALUE BIEN

Il existe un « champion blues » comme il existe un « baby blues ». Il arrive fréquemment qu'après une épreuve d'envergure, ponctuée par une médaille ou une belle performance, les athlètes éprouvent un sentiment de vide qui les plonge dans un certain désarroi. Ce fut le cas pour moi, après la Coupe du monde 1999.

Mais après la Coupe du monde 2003, disputée à l'automne, je fus aussitôt appelé dans le groupe France qui allait disputer le Tournoi des Six Nations dès le mois de février. Malgré des critiques acerbes de la part de certains journalistes qui ironisèrent sur mon âge en m'invitant à chausser des « charentaises à crampons »

– « Parfois le vieux est l'ennemi du bien », etc. –, j'obtins *in extremis* la confiance de Bernard Laporte, qui revint sur mon « croche-pied » du match France-Angleterre de la Coupe du monde, mais sut néanmoins reconnaître ce que j'avais apporté au groupe pendant cette épreuve, sur et hors du terrain.

Je fus surtout soutenu par Jo Maso qui mit en avant mon profil de « grand frère » et n'hésita pas à se mouiller contre l'avis initial de Bernard Laporte. Il estimait que j'avais l'oreille des jeunes. Il avait besoin de moi pour effectuer la transition entre les deux générations. J'avais le vécu nécessaire pour cultiver la complicité avec les anciens et conseiller les jeunes. Il n'avait pas oublié ce que je m'étais efforcé d'apporter à l'équipe avant la demi-finale, bien qu'elle se soit mal terminée pour moi. « Ne restons pas sur ce croc-en-jambe ! » lança-t-il.

Naturellement, mes détracteurs me pointèrent à nouveau du doigt pour un carton jaune dont j'écopai le 30 janvier lors d'un match de coupe d'Europe avec le Stade-Français, contre Leicester. N'empêche, moi, l'ex-mauvais garçon de Solliès-Pont, j'avais suffisamment évolué pour aider les autres à sortir le meilleur d'eux-mêmes, dans le respect des règles de ce sport... à de très rares exceptions près.

Une fois lancés, on n'allait plus nous arrêter puisque le XV de France, cette année-là, réussit le Grand Chelem, c'est-à-dire cinq victoires sur les nations européennes, zéro défaite ! Sans faire d'étincelles, je tins mon rôle de titulaire tout au long du tournoi, où nous prîmes notre revanche contre les Anglais au Stade de France.

Deuxième sujet de satisfaction : un nouveau titre (un doublé historique !) de champion de France avec le Stade-Français.

Pourtant, le championnat de France avait extrêmement mal commencé : cinq défaites sur les cinq premières journées ! Du début à la fin, nous sommes passés par tous les états possibles, du plus alarmant jusqu'à l'euphorie totale. Preuve que notre esprit qui consiste à ne jamais lâcher et « nous » lâcher les uns les autres a le pouvoir, dans les cas extrêmes, de faire basculer la « chance » de notre côté.

Ce fut vraiment la leçon à retenir de cette expérience.

Avant-dernier de notre poule en début d'année à l'issue de la septième journée de la première phase, la relégation semblait inévitable.

Pour un champion de France en titre, cela n'était pas terrible. Mais les plus vieux d'entre nous, ceux qui après une mémorable bringue dans un hôtel d'Aurillac avaient fait renaître l'esprit de gagne qui nous avait valu le titre en 2000, n'étions pas près de renoncer sans tenter l'impossible exploit.

Un coup de pouce du destin, le 17 avril, face à Agen, nous laissa entrevoir le gouffre avant de nous replacer sur la voie royale. La situation était simple : une défaite et c'était la relégation assurée ; une victoire, et l'espoir de participer aux play-off était entretenu. Or, alors que nous menions d'un seul point 11-12, Gelez, le buteur agenais habituellement si fiable, ratait dans les derniers instants un but de pénalité à environ 40 mètres de nos poteaux. Totalement inespéré ! Pas très glorieux pour nous, certes, puisque nous étions dépendants des bourdes de nos adversaires. Des bévues qui se succédèrent comme par enchantement. Tous nos rivaux : Agen, Montferrand, Pau, trébuchèrent dans la course vers la qualification, parfois sur un petit rien, tel que le raté d'Agen dans les arrêts de jeu, face à Bourgoin qui l'emporta 17-19, et fit nos affaires à l'heure du *goal-average.*

Notre entraîneur accueillait ces coups de chance sans perdre de vue nos propres manquements : « À un moment donné, il va falloir tirer les leçons d'une saison qui pour l'heure est un échec... », nous avertit Nick Mallett, dépité.

Notre seule excuse était d'avoir à traîner comme un boulet un début de saison privé de la participation de treize des internationaux du Stade-Français retenus dans leurs équipes nationales.

Alliant notre orgueil meurtri à notre envie de vendre chèrement notre peau, nous avons décidé de prendre calmement les matches les uns après les autres. Stratégie extrêmement banale, mais qui s'avère souvent très payante. La peur au ventre ressentie lorsque nous étions au bord de la relégation avait fait place à une véritable énergie positive.

Et nous sommes revenus dans le coup ! C'est fou parce que nous avions en mémoire la saison 2001 où nous avions fait un parcours parfait qui s'était soldé par un échec en finale de la coupe d'Europe et un autre en quart de finale du championnat. Tandis que là, c'était strictement l'inverse. On sentait la montée en puissance de jour en jour, alors qu'une minicrise couvait au sein des internationaux qui ne savaient plus très bien se situer entre l'espoir de faire le Grand Chelem d'un côté, et l'irritation de rater les play-off de l'autre.

Mais heureusement, on ne s'est pas « mangé le cerveau », comme s'en félicitait Christophe Moni, et personne ne songea à se tirer dans les pattes.

C'est la grande force de notre club : c'est un cœur énorme avec plein de joueurs autour. Une fois l'épreuve des play-off dépassée, nous avons vaincu Bourgoin, au stade Gerland (13-15). Joie de courte durée car lorsqu'on a vu que, dans l'autre demi-finale, Perpignan avait battu Toulouse, nous nous sommes dit : « Hou là ! Danger ! » Mais le danger, chaque fois qu'on l'avait senti lors de cette saison en dents de scie, nous avait rendus performants, et résultat : Perpignan n'a pas existé (38-20) !

Et c'est sur cette victoire face à Perpignan, au Stade de France, que s'acheva la carrière de Diego Dominguez. Ce fut comme si une part de moi-même quittait l'équipe. Diego est un grand champion, un grand homme, un exemple de professionnalisme, un immense compétiteur. Il a une femme charmante, de beaux enfants qui font mon admiration. Diego m'avait toujours dit que je m'arrêterais avant lui, mais lui a raccroché, à 38 ans, tandis que je cavale encore. Depuis qu'il a arrêté (en 2004), je n'ai plus jamais été champion de France et j'ai perdu toutes les finales que j'ai eu à disputer sans lui. Quand on regarde Diego dans les yeux, on voit un type bien, un type sain. Quelqu'un qui ne peut pas trahir ceux qu'il aime. Il ne m'a jamais lâché, y compris dans les pires moments. Non seulement, il m'a beaucoup influencé, mais je sais que si je n'avais pas joué avec Diego, je n'aurais sans doute pas les titres qui figurent aujourd'hui à mon palmarès. Parce que c'était un redoutable marqueur de points. Un magnifique demi d'ouverture. On a gagné des matches et progressé ensemble. Chaque fois que l'on se voit, on se tombe dans les bras et l'on se serre très fort. On s'embrasse avec beaucoup de respect l'un pour l'autre. Même aux plus belles heures du professionnalisme, il y a encore des clubs qui retiennent leurs joueurs par l'affectif. C'est le cas du Stade-Français. C'est ma deuxième famille. On dit que les grandes équipes ne meurent jamais, c'est vrai. Alors que nous nous étions fixés comme objectif minimum un titre par an, voilà que nous avions passé deux années (2005 et 2006) sans soulever un trophée, ni en championnat de France, ni en coupe d'Europe. Nous fûmes battus face à Munster en quart de finale. À l'issue de cette saison, Nick Mallett quitta le club et fut remplacé par Fabien Galthié qui avait mis un terme à sa carrière à l'issue de la Coupe du monde 2003.

En 2006, la France a remporté le Tournoi (sans faire le Grand Chelem) mais en jouant moins bien qu'en 2005. Cette année-là, l'on avait réussi un très beau tournoi, avec pour tout reproche à nous faire, seulement dix mauvaises minutes face aux Gallois qui en profitèrent pour nous planter un essai. Après soixante-dix minutes de beau rugby, nous n'avions pas été bons dans la finition. Cela nous empêcha de remporter le

Tournoi. Un résultat plutôt satisfaisant, mais lorsqu'on est compétiteur dans l'âme, on a toujours la défaite en horreur.

En 2005, nous sommes allés gagner en Angleterre, et en Irlande, mais au bout du compte, cela resta insuffisant. Alors que, en 2006, le XV de France a gagné tous ses matches, mais en pratiquant un rugby assez pauvre et moins consistant que les années précédentes. On ne peut pas être bon tout le temps !

Je cite souvent cette phrase du poème que j'adore de Rudyard Kipling : « Si tu peux rencontrer triomphe après défaite, et traiter ces deux imposteurs d'un même front... Tu seras un homme, mon fils. » La culture sportive du Stade-Français m'a permis de relativiser victoire et défaite, à partir du moment où « l'esprit » est respecté.

Mon rôle est mis en avant dans les discours parce que mon ressenti, dans les bons moments comme dans les mauvais, a soudé le groupe bien que les générations se succèdent. On dit que je suis un peu le baromètre de l'équipe. Quand, avant une rencontre, l'ambiance est trop décontractée, ou trop stressée, je le dis sans détour.

J'ai besoin, pour bien jouer moi-même, de ressentir un groupe soudé, en phase avec les conditions de jeu, et savoir comment sont vraiment les hommes à l'heure où le combat va s'engager.

Au Stade-Français, une heure avant les matches, l'ambiance est encore détendue. À quelques minutes du coup d'envoi, en revanche, le ton n'est plus du tout à la rigolade. Les gens sont toujours très curieux de savoir ce qui peut bien se passer dans un vestiaire avant le coup de sifflet de l'arbitre. Cela relève presque du fantasme. Ils imaginent que les mots prononcés sont des mots magiques, totalement hors du langage commun. Or, c'est presque l'inverse. Ce sont les mêmes mots simples que l'on prononce dans tous les clubs de rugby dignes de ce nom. C'est le ton qui compte. L'intensité qu'on y met. La conviction avec laquelle on les enchaîne pour qu'ils résonnent chez les joueurs avec la brutalité d'un coup de poing qui libère l'adrénaline dans le sang.

Dans les vestiaires d'un sport collectif, tout le monde se prépare de son côté. Tranquillement, chacun à son rythme ; les uns et les autres rangent avec soin leurs affaires à leur manière et souvent d'une façon identique, à chaque rencontre.

Soudain, il faut que les joueurs ressentent une énergie collective. Il m'arrive souvent de prendre la parole, les joueurs n'écoutent pas précisément les mots. Ce qui compte, ce sont les sons, c'est la voix. Comme une litanie. Ce sont des moments quasiment incompréhensibles lorsqu'ils sont sortis de leur contexte. J'ai du mal à rester à ma place. Je tourne, je marche, je répète des mots, des phrases à voix haute, à l'intention de l'équipe. Les vestiaires, c'est un petit peu comme une cage. On est enfermé. On attend. Ça monte jusqu'au coup d'envoi... On pourrait presque dire qu'un match se gagne dans le vestiaire. Un match se gagne la semaine précédente, durant la préparation, après c'est trop tard. À une heure du coup d'envoi, on ne peut pas dire : « On va gagner », si l'on ne s'y est pas préparé dans le souci du moindre détail.

Chaque préparation est différente. Il faut trouver un juste équilibre entre trop parler et ne pas parler assez. Essayer de mettre l'accent sur les points cruciaux du match soulevés par les entraîneurs. Ceux-ci, qui ont assuré la préparation technique, se retranchent souvent dans ces moments-là. On est alors au-delà de la tactique. Tout est basé sur une saine agressivité, l'intensité, et la concentration. Le plus difficile dans le haut niveau, c'est d'être concentré sur l'objectif et pourtant de garder le recul nécessaire pour être performant. Parce que, lorsque l'on est trop agressif, on commet des fautes, on est moins lucide pour finir en beauté des actions. Le compromis est très difficile à trouver. Moi, j'ai mon style, certains seront plus techniques, d'autres, plus modérés. Pour ma part, cela fait partie de mon éducation. J'ai été formé ainsi à Solliès-Pont, à La Valette, et à Toulon, ne l'oublions pas ! Quand je répète dans les vestiaires : « Des morts de faim ! Dans la tête ! », dit comme cela, ça n'a pas de sens. En réalité, je veux signifier que le très haut niveau, ce n'est que dans la tête et qu'il ne faut rien lâcher. Quand je martèle : « Ici, chez nous ! », c'est pour signifier qu'on est là pour défendre notre territoire.

Après, on quitte les vestiaires dans un bruit de crampons. L'odeur de la sueur nous transcende. On s'engage dans le couloir. Le terrain nous appelle. Le public exulte...

Plus l'enjeu d'un match est élevé – que ce soit en équipe de France ou en club – plus la préparation se fait instinctivement. Déjà, tout au long de la semaine, on sent la concentration se renforcer. On sent de moins en moins de décontraction dans les exercices d'entraînement. Et plus l'on approche du coup d'envoi, plus les rituels de chacun deviennent précis. Pour ma part, je prends toujours le même siège au fond du bus. Quand on joue à Paris, au Stade de France, j'occupe toujours la même place dans le vestiaire. Pareil à l'extérieur, puisqu'on connaît tous les stades. Je me masse toujours avec la même crème chauffante, juste avant le début du match, quelle que soit la température extérieure.

Je prends la même marque de vitamine C. Je ne sais pas si c'est bien ou pas, si cela a des effets ou pas. C'est sans doute psychologique, mais pour moi, c'est quelque chose d'important. Plus on est jeune et plus on multiplie des petits gestes qui relèvent un peu de la superstition. En tout cas, tous ces rituels m'amènent à l'événement en me donnant le sentiment d'avoir tout fait dans les règles. Cela optimise ma confiance en moi.

Contrairement à de nombreuses équipes, et notamment dans le football, nous n'éprouvons aucun besoin de nous couper du reste du monde longtemps à l'avance. Pour un match de coupe d'Europe dans l'après-midi, nous nous retrouvons seulement la veille au soir, pour le plaisir de dîner ensemble. Nous avons croisé à Lyon l'Olympique lyonnais (leader de la Ligue 1 de football) dans un hôtel : les joueurs se mettent au vert systématiquement la veille des matches, qu'ils se disputent à domicile ou à l'extérieur : à raison de trois matches par semaine, ils ne sont pratiquement jamais chez eux ! Nous n'éprouvons pas la nécessité d'un tel sacrifice pour être performants.

Au Stade-Français en particulier, nous avons cette chance, cette liberté d'agir chacun en notre âme et conscience. Le pouvoir est largement délégué aux joueurs qui prennent leurs responsabilités face aux tentations comme dans la rigueur de leur préparation. Le joueur peut faire ce qu'il veut de sa vie privée, mais à l'heure du match, il faut qu'il réponde présent, qu'il ne rate pas sa prestation, sinon cela ne passe pas, surtout si c'est un seul joueur qui, par ses fautes ou ses manquements, est responsable de la défaite.

La grande qualité de ce club vient des hommes qui en défendent les couleurs. Ce sont des grands compétiteurs, à fort tempérament, qui peuvent s'amuser mais qui, dans le respect de l'autre et de son maillot – fût-il à fleurs roses ! –, vont donner tout ce qu'ils ont à donner.

Et l'on essaie d'inculquer cet esprit aux jeunes qui nous rejoignent.

Autant le football est un sport collectif où domine l'individualité, autant le rugby n'est *que* collectif. Toutes les catégories sociales, toutes les origines sont représentées, et dans les petits clubs de province, comme dans les clubs les plus prestigieux, c'est « tout le monde dans le même bus », et en avant !

La souffrance physique, le fait de s'opposer physiquement épaules contre épaules, de maintenir l'effort alors qu'on se brûle littéralement les poumons font naître un esprit qui exige de faire toujours attention à l'autre et contrôler ses propres émotions ou débordements.

Athlétiques comme le sont devenus les joueurs, s'ils ne respectaient plus ces valeurs, le terrain de rugby pourrait devenir un champ de bataille. Si un joueur donnait un coup de poing de toutes ses forces à un adversaire, il lui trouerait littéralement la tête !

En vieillissant, j'apprécie ce rôle qui consiste à garantir la pérennité de l'esprit du début initié par Max Guazzini. La seule difficulté pour moi est de le faire à ma manière, le plus sincèrement du monde, sans avoir l'air de jouer les anciens combattants.

En fait, je voudrais faire passer ces valeurs propres à ces petits clubs où joueurs et membres du staff ont plaisir à se retrouver autour d'une table, en dépit des exigences d'un professionnalisme galopant. Cela ne sera pas toujours évident, mais c'est faisable.

Je fais partie du bureau directeur du Stade-Français. Et je ne cesse de mettre en avant auprès des nouvelles recrues le fait que nous allons proposer aux joueurs qui arrivent de plus en plus de moyens, de plus en plus d'argent. Tout le monde rêve de venir jouer chez nous parce que c'est Paris, parce que le club est ambitieux et qu'il brille. Mais je trouve qu'il est de mon devoir de rappeler aux nouveaux candidats que sous les paillettes, il y a une morale à respecter.

Je souhaiterais aussi favoriser la diversite des origines sociales ou egalement geographiques, et que les systèmes de détection s'étendent au plus grand nombre, que chacun ait sa chance. Ce qui compte, c'est leur mentalité. Il y a des jeunes qui habitent à côté de chez moi, qui m'interpellent : « Eh toi, le rugbyman, tu n'as pas un maillot à nous donner ? » Je leur donne parce qu'ils le demandent à leur manière, mais je sens dans leur façon de s'adresser à moi plus de respect que chez certains adultes qui vont me tutoyer dans la rue, ou dans un bar alors que l'on n'a jamais été présentés. Le dépassement de soi, l'ouverture à l'autre, la politesse représentent la meilleure garantie contre toutes les dérives.

Je possédais une brasserie située à la Porte de Saint-Cloud, je suis donc assez bien placé pour évoquer le problème du PSG et de ses supporters.

Il semble impossible de connaître dans le rugby les débordements que l'on a connus en décembre 2006, avec la mort d'un homme. Les résultats sportifs et l'attitude de certains joueurs sur le terrain ne sont pas toujours étrangers à ce type de conflits.

Quand on est supporter et que l'on n'a pas d'autre centre d'intérêt dans la vie que les résultats de son club, si ce club a des bons résultats, cela fait du bien. En cas de défaite, à partir du moment où les joueurs se sont donnés à fond, même si la déception existe, la colère n'est pas meurtrière. Seulement passagère. Certains ont désormais l'impression d'être pris pour des « gogos » qui se saignent aux quatre veines pour acheter un abonnement, tandis que certains joueurs, retranchés dans le confort matériel, semblent avoir la belle vie, en se fichant du résultat, n'ayant nullement l'impression d'avoir des comptes à rendre à ceux qui paient pour les voir jouer.

Si l'esprit du jeu n'est pas là, si des joueurs restent dix minutes au sol à grimacer alors qu'ils n'éprouvent en fait aucune douleur, si des arbitres sifflent des fautes mineures qui hachent le jeu, la frustration monte, et à partir de là, l'effet de masse aidant, dans un contexte aussi électrique que celui de la Porte de Saint-Cloud, on sent que tout et n'importe quoi peut arriver.

Qu'est-ce que je serais devenu si j'étais né dans une cité ? Si je n'avais pas reçu d'éducation ? Si on m'avait parqué hors du système qui offre à chacun sa chance ? Peut-être pire que les casseurs de la Porte de Saint-Cloud aujourd'hui. On voudrait comprendre, aider. Et pourtant, impossible de nier la réalité – et qui, en plus, ne date pas d'hier, mais d'une dizaine d'années –, les soirs de match de foot, on n'est plus en sécurité aux alentours du Parc des Princes. On ressent tous une angoisse terrible, parce que le danger est perceptible.

Les CRS d'un côté, les supporters de l'autre qui se regardent en chiens de faïence. Au moindre incident, une émeute peut éclater. Nous avions choisi de rester ouverts pour tous les matches. Un soir, certains supporters s'étaient massés dans la brasserie et avaient provoqué, par des gestes déplacés mais évocateurs, les CRS situés sur le trottoir. L'un des CRS entra dans la brasserie et demanda à mon manager de faire sortir les supporters car eux n'avaient pas le droit d'entrer. Mon manager a répondu : « Sortez-les vous-mêmes ! » Le CRS : « Vous ne les sortez pas ? Très bien... » En rang devant les deux sorties, ils ont lancé des grenades lacrymogènes et « En avant, Guingamp ! ». À l'intérieur, tout le monde a vomi, les supporters sont sortis les uns après les autres, et boum ! boum ! boum ! ils ont pris des rafales de coups de matraque sur la tête. Cela soulève l'indignation mais on voit à quel point la situation est complexe. Les CRS en ont marre de se faire cracher dessus, insulter à longueur d'année. Avant d'être des CRS, ce sont des êtres humains, alors au fond d'eux la colère, la haine montent, la pression augmente et les coups pleuvent.

J'ai vécu moi-même une expérience comparable, avec l'interdiction de répliquer à une provocation. C'était sur un terrain de rugby à Montauban, avec le Stade-Français. Depuis les tribunes, un homme m'a entrepris dès le début de la première mi-temps : « Mais Dominici ! Tu es bien petit ! Il paraît que tu es con, en plus ! On ne te voit pas ! » Le ballon est arrivé sur moi : « Allez, allez, on ne te voit plus ! Ta mère, elle t'a fait si petit ! »

Et ainsi de suite toute la première mi-temps. À la mi-temps, l'homme a changé de côté en même temps que moi, et a continué de m'asticoter jusqu'à la fin du match : « Dominici, tu es bien petit ! Etc. » Je suis sorti du terrain tel un fou furieux. Je suis allé directement dans le coin de la tribune où j'avais repéré l'imbécile avec son tatouage sur le bras, et en marchant, je voyais rouge, je me disais : « Si je le trouve, je l'étrangle ! » Heureusement, je ne l'ai pas trouvé...

16
L'affaire Cécillon

Il est rare que le nom de sportifs, qui plus est des joueurs de rugby, apparaisse dans les colonnes « Faits divers ». C'est pourtant ce qui est arrivé à Marc Cécillon qui a tué sa femme par balles durant l'été 2004. Il a été jugé et a écopé de vingt ans de prison. Là encore, il est très difficile de porter un jugement. J'ai rencontré Marc sur les terrains et en soirées, j'ai joué avec lui, avec les Barbarians et contre lui, lorsqu'il était une figure emblématique de Bourgoin.

C'était quelqu'un que l'on sentait très fragile sous une solide carapace. Il ressentait beaucoup d'émotions, mais ne les montrait pas. Il avait des choses à dire, mais ne les disait pas. Parce que, au rugby, c'est comme ça. On ne peut pas avoir peur, on ne peut pas avoir mal. Les états d'âme ne refont que très rarement surface car il est primordial de dégager une image forte. Il aimait profondément sa femme. Il n'a certainement jamais pensé à la tuer, et pourtant, il l'a fait. Je suis triste pour lui, pour ses filles, et bien sûr pour sa femme et ses proches.

Ce geste est condamnable, il n'y a aucun doute là-dessus, mais quand l'une de ses deux filles a déclaré : « Mon père a assez payé, j'ai besoin de lui », j'ai été très ému. On ne leur rendra jamais leur mère, lui ne retrouvera jamais sa femme, mais la jeune fille doit-elle aussi perdre son père ? C'est la question que je me serais posée si j'avais fait partie des jurés.

Cela dit, profiter de cette occasion pour faire le procès du rugby a été scandaleux. Marc est un homme – il aurait joué au football, cela aurait été pareil – qui avait une image de costaud, qui portait à bout de bras tout un peuple, celui de Bourgoin, ce qui lui a valu, des années durant, une très grande notoriété, une reconnaissance, des largesses dont peu de joueurs ont bénéficié. Comme il était Marc Cécillon, certains passe-droits lui ont été accordés, dans des situations où d'autres auraient eu des problèmes. Là-bas, tout le monde le connaissait, savait qu'au fond, ce n'était pas une mauvaise personne, même s'il lui arrivait, quand il avait trop bu, de se battre en soirée, ou de mal se comporter.

La ville de Bourgoin a, me semble-t-il, une part de responsabilité dans cette affaire. Après avoir été considéré comme « ambassadeur » de la ville, fait connaître la région bien au-delà de ses frontières, généré des emplois, des affaires comme personne avant lui, Marco a été du jour au lendemain, expédié à Beaurepère, en deuxième division, sorte de cimetière des éléphants, parce qu'il était devenu trop vieux, trop encombrant. Impossible de ne pas considérer cela comme le rejet d'un pays, à qui il avait toujours été fidèle, portant l'Isère à bout de bras. On le regarde maintenant, on le montre du doigt et l'on dit : « C'est de sa faute, QUE de sa faute ! »

Certes, c'est bien lui qui a appuyé sur la détente, geste inexcusable, indéfendable, mais est-ce que ce n'est pas la vie qu'il a menée ces dernières années qui l'a lentement conduit à l'épouvantable drame ? Je suis sûr qu'il aurait tout aussi bien pu se suicider. S'il s'était cru capable de tuer sa femme, il se serait lui-même donné la mort.

Il a tué cette pauvre femme, qui l'avait accepté, supporté, aimé toute sa vie. Certains diront : « Vingt ans !

Il n'a que ce qu'il mérite ! » Mais je pense que la justice a voulu donner un exemple, parce que c'était un sportif médiatique, joueur de rugby de surcroît.

Durant son procès, on a bavé sur la vie de Marc dans le rugby, comme il est possible de baver sur la vie de tas d'autres gens. Même si nous n'avons pas commis l'irréparable, nous avons tous des choses à nous reprocher, et j'ai été choqué qu'au lieu de juger l'acte en lui-même, on n'ait jugé sa vie que sous l'angle le plus négatif, comme si le geste qu'il avait commis avait effacé tout ce qu'il avait fait de bien, tout ce qu'il avait aimé. À mon sens, Marc était un homme qui aimait ses filles et sa femme comme un fou.

Dans ce procès, le rugby a également été traîné dans la boue. Le procureur a déclaré que Serge Blanco n'était pas « intelligent », mais qu'il avait pourtant, lui, bien réussi sa reconversion ! Quel sens ont ces propos ? Quand on joue au rugby, on n'est pas intelligent ? Et quand on n'est pas intelligent, on tue sa femme ? Le procureur a dénigré le rugby, et le sport en général. Cette tragédie n'a rien à voir avec l'intelligence de Cécillon. Son drame, c'est que peu à peu sa maison s'était vidée. Sa femme avait espéré que, après sa carrière, il s'assagirait – ce qui ne fut pas le cas, il n'avait pas su bien s'entourer. À la fin, plus personne ne le respectait pour ce qu'il avait apporté. Ses derniers « admirateurs » n'avaient plus qu'une chose à lui proposer, l'entraîner à faire la fête. Quelles tristes fêtes !

Marc s'est senti délaissé, et quand son épouse, son dernier rempart, en désespoir de cause, a fini par le lâcher aussi, il s'est retrouvé comme un enfant, tout seul. Abandonné.

Il a pris peur : Qu'est-ce que je vais faire ? Qu'est-ce que je vais devenir ?

J'ai connu ce cercle vicieux de pensées noires quand mon ex-femme m'a quitté. Si je n'avais pas eu ma mère proche, mon père, je ne sais pas ce que j'aurais fait. Peut-être que j'aurais pu céder à la violence.

Quand on n'a plus de défense et que l'on se laisse submerger par ses démons, ses émotions, la douleur se transforme en une espèce de folie que l'on entend gronder de l'intérieur. On devient complètement parano, on ne s'intéresse plus à rien, on n'a plus de plaisir, plus de joie, que du noir autour de soi, on peut se laisser sombrer, se faire du mal à soi-même ou pis, à ceux qu'on aime...

Heureusement que j'ai été soutenu, que j'ai pu rencontrer des personnes qui m'ont aidé à faire un travail sur moi-même. J'ai voulu très vite sortir de là. Parce que je n'avais que 29 ans et l'impression que ma vie était devant moi, et non dans le passé. Fonder une belle famille est ce qui me donne envie d'avancer, quand j'ai des coups de blues. Je n'ai pas d'enfant, ma vie de mari et de père n'est pas terminée, puisqu'elle n'a même pas encore commencé. Quant à ma carrière, même si elle touche à sa fin, elle attend encore son apothéose.

J'ai eu la chance de pouvoir me raccrocher à cette double espérance : terminer en beauté et fonder une famille. Mais Marc, lui, voyait ses belles annees dans le rétroviseur.

On dit souvent : « Le rugby, c'est une grande famille ! Elle aurait pu aider Cécillon. » Non. Le rugby n'est ni pire ni meilleur que les autres milieux. On essaie d'ajouter des valeurs au combat, comme on le fait en boxe pour donner du sens et de la dignité à l'affrontement, mais comme dans tous les milieux, il y a des gens formidables et des tordus. Et quand un « membre » de la famille est dans la panade, ce n'est pas l'ensemble du rugby qui réagit, mais seulement ses proches, comme au football, comme au basket, comme dans le show-biz ou dans les entreprises. Si l'homme n'a plus ni ancrage, ni objectif, il part à la dérive. La suite on la connaît, là encore elle n'est pas propre au rugby. Quand une personne brille comme une étoile, on la regarde, on l'adule. Mais le jour où elle ne brille plus, on ne la regarde plus. Nous sommes tous logés à la même enseigne. Je m'y attends, j'essaie de m'y préparer. Mais je sais aussi que le fait d'en avoir conscience et celui d'y être confronté sont deux choses bien différentes.

Je sais déjà que parmi les gens que j'aime, certains me lâcheront, parce que c'est toujours comme ça que cela se passe, même si cela est difficile à comprendre.

Quoi qu'on pense du bonhomme, le cas de Marc Cécillon oblige à se pencher sur l'évolution du rugby. En dix années, ce sport est passé de l'amateurisme marron à un sport hypermédiatisé. Et parmi tous ceux qui ont pris leur retraite, très peu ont retrouvé dans leurs nouvelles activités les sensations extrêmes que leur avaient procurées ce sport, et encore moins la reconnaissance du public. C'est pourquoi avant même que sonne l'heure de la retraite, je mets en route des projets professionnels, je discute avec des tas de gens, j'élabore des affaires. Pour que je n'aie pas, un beau matin, l'impression que je n'ai plus aucune raison de me lever.

17

Rude, la concurrence !

Rome. 19 mars 2005. Après un quart d'heure de jeu contre l'Italie, nous avions déjà marqué deux essais, un de Yannick Nyanga, l'autre de Yannick Jausion. Je faisais mon travail d'anguille sur le terrain. Je me sentais bien quand, à la trente-deuxième minute, le pilier italien Salvatore Perugini arrivant par-derrière me coupa littéralement en deux d'une manchette, bien après la passe, en envoyant ma tête rebondir sur l'épaule d'un deuxième ligne. En fait, je ne peux aujourd'hui situer le contexte que grâce aux images que j'ai revues, car je ne me souviens de rien de ce qui s'est passé en direct. J'ai pris un vrai KO, comme sur un ring, plus de son, plus d'images.

Cela arrive fréquemment, lors d'un choc, d'entendre comme l'écho d'un coup de gong, quelque chose comme : « waou-wong-waou-wong-waou-wong » qui sonne entre les deux oreilles. On ne se sent plus très stable, on se met à quatre pattes, et on essaie de récupérer. Ce n'est pas du cinéma pour gagner du temps. On a morflé, ça sonne vraiment, mais on est conscient. Alors que le chaos, en fait, c'est plutôt agréable, on ne sent plus rien, on ne sait plus où l'on est, mais on n'a pas de mauvaises sensations. Si c'est ça, mourir, je signe tout de suite !

Bref, j'ai rebondi sur l'épaule de l'Italien – boum-boum – et j'ai repris connaissance un quart d'heure plus tard, quand j'ai entendu le « clic-clac » des portes de l'ambulance. Je me suis réveillé, je portais une minerve et j'avais ma main dans la main du médecin. La première chose que je lui ai demandée, c'est : « Quel est le score ? » (la France gagna ce match 13-56). À l'hôpital, j'ai aussitôt demandé à parler à ma mère. Quand je l'ai appelée, à l'autre bout du fil, on aurait dit qu'elle était morte. Pendant le quart d'heure qui venait de s'écouler, elle avait vu les images à la télé en direct. C'était terrible pour elle. D'autant qu'elle se sentait impuissante ! Elle voyait son fils allongé sur le sol. Elle écoutait les commentateurs : « Il a du mal à se redresser », j'étais incapable de retrouver mes esprits, et elle m'a vu quitter le terrain sur une civière ! Pendant ce temps-là, toutes les belles-sœurs, les amis téléphonaient. Cela n'arrêtait pas. Mes parents envoyaient tout le monde balader afin de ne pas rater les dernières nouvelles. J'ai fini par l'appeler : « Tout va bien maman, tout va bien ! »

Les médecins m'ont expliqué que j'avais été victime d'une commotion cérébrale. Un mois d'arrêt. Je m'en sortais plutôt bien. Quant à Perugini, il ne fut l'objet d'aucune sanction. Pas terrible pour l'image du rugby auprès des jeunes ! Mais il ne faut pas cacher que, parfois, le ton peut monter excessivement entre deux équipes.

Cela nous est arrivé le 23 avril 2005 contre le Biarritz olympique au Parc des Princes. Nous les avons battus en demi-finale de la coupe d'Europe (on perdra en finale contre Toulouse, à Murrayfield, le 21 mai). Ce 23 avril, c'était le fameux jour où j'avais récupéré le bijou de ma sœur *in extremis* avant d'entrer sur le terrain. Je marquai un essai à la quatre-vingt-neuvième minute, soit à la neuvième minute des arrêts de jeu et les joueurs biarrots estimèrent que nous les avions agressés, qu'ils avaient été trop gentils avec nous... Franchement, vu de mon poste en tout cas, je n'avais pas eu cette impression.

Pour ma part, c'est vrai que lorsque j'ai marqué cet essai à la quatre-vingt-neuvième minute, j'ai vécu l'un des moments les plus forts de ma carrière. Leur emprise sur nous avait été si tenace. Par moments seulement, nous avions pu sortir la tête de l'eau, devant un public de 45 000 personnes largement parisien. Face à notre impuissance tout au long du match, ce public était devenu muet. Les spectateurs s'étaient tus comme pour nous signifier : « On n'encourage pas les joueurs dominés ! » Drôle d'ambiance. À l'entame des arrêts de jeu, nous avons marqué un premier essai sur une erreur d'arbitrage pour revenir dans le match.

Là, c'est vrai, les Biarrots pouvaient crier à l'injustice, mais à l'injustice de la part de l'arbitre ! Pas des adversaires. Nous n'avons fait que profiter d'une situation favorable. Dans pareil cas, ils auraient très certainement agi comme nous. Au rugby, c'est : « Pas vu, pas pris ! » Et puis, il y eut cette dernière action : temps de jeu, temps de jeu, temps de jeu... Rien à faire, on ne passait pas. Ils plaquaient. Ils plaquaient. Ils plaquaient. Les Biarrots mettaient toute leur énergie là-dedans. On faisait peut-être sept ou huit temps de jeu et puis enfin, j'aperçus un adversaire quitter son poste, je m'engouffrai dans la faille et là, ça dure, ça dure, ça dure indéfiniment. Ce fut l'une des premières fois de ma vie où je ressentis ainsi une véritable osmose avec le public. J'entendais les gens gronder, crier de plus en plus fort, ils me portaient, je ne touchais plus le sol, c'était tellement fort, il y avait tellement d'émotion que lorsque je me suis relevé, j'en eus le souffle coupé. Tous les joueurs de Paris me sautèrent dessus. Ce fut une communion avec les joueurs et le public. Une grosse désillusion pour Biarritz. J'ai beaucoup de respect pour les Biarrots. Je ne voudrais pas qu'ils prennent mon récit comme une offense, un coup de provoc à retardement. Si je raconte cela, ce n'est pas pour remuer le couteau dans la plaie mais parce que cela fut l'un des plus beaux moments de toute ma carrière.

Le 11 juin, au Stade de France, nous retrouvâmes Biarritz en finale du championnat de France (après avoir éliminé Toulouse en demi-finale, le 3 juin à Bordeaux). La rivalité était à son comble et l'on en est venu aux mains. Ce n'est pas fréquent, mais quand il y a un gros enjeu, automatiquement les esprits ont tendance à s'échauffer et les coups à pleuvoir. Nous avons eu le sentiment de nous faire agresser sur plusieurs actions. À qui la faute ? Ce n'est pas évident de le savoir, lorsqu'on joue derrière où l'on a une vision tronquée du jeu. Mais après coup – c'est le cas de le dire ! –, les avants m'ont affirmé qu'il n'y avait eu aucun malaise dans leur secteur de jeu.

Les Biarrots étaient entrés ce jour-là avec l'envie de prendre leur revanche. Mais ce soir-là, pour la finale du championnat de France, nous n'avons pas pu enlever la victoire. Les deux équipes étaient très proches l'une de l'autre. Nous sommes allés encore en prolongation, mais cette fois, nous avons perdu. Cela s'est joué à peu de chose. L'étincelle ne vient pas à chaque fois. Ce n'est pas un dû. Une victoire, ça se prépare, ça se mérite. Si elle ne s'obtient pas, c'est qu'il a manqué quelque chose. Et il est capital, pour progresser, de savoir de quoi il s'agit. Je ne crois pas les sportifs qui disent : « J'ai perdu, mais pourtant, j'ai tout donné. » Quand on donne vraiment tout, on gagne ! Nous a-t-il manqué un peu d'humilité ? En outre, l'arbitre ne fut pas à la hauteur de l'événement, cette fois en notre défaveur.

Il faut savoir que le rugby professionnel n'est pas toujours arbitré par des professionnels, mais aussi par des arbitres amateurs. Preuve que nous ne sommes pas, contrairement à d'autres nations, 100 % pro. Dans d'autres pays, les arbitres sont jugés et notés. S'ils sont bons, ils continuent au plus haut niveau, s'ils sont mauvais, ils redescendent en deuxième division. Pour moi, un arbitre qui ne travaille pas tous les jours sa condition physique, qui ne décortique pas les matches à la vidéo du matin au soir, et ne sait pas reconnaître à coup sûr un bon placement d'un mauvais n'a pas sa place sur un terrain avec l'élite du rugby.

À l'ouverture de la saison 2006, nous avons retrouvé les Biarrots pour la troisième fois, et là, j'avoue que c'est nous qui avons déclenché les hostilités. Pour nous venger. On était énervés. On les avait vus fêter leur titre de champion de France, nous n'étions pas non plus champion d'Europe, nous avons manifesté notre frustration. Avec modération quand même : quelques tirages de maillots, deux ou trois coups de poing, rien d'excessif, mais comme toujours, les images qu'on voit à la télé amplifient ce qui se passe sur le terrain. La preuve, il n'y a plus de contentieux entre nous à présent. Ils ont été à nouveau champions de France en 2006. Bravo !

Oui, c'est très chaud entre le Stade-Français, Biarritz et Toulouse parce qu'on veut tous gagner. Comme au football, où tous les clubs rêvent de dégommer Lyon. C'est le sport : le premier dérange, tout le monde veut l'éliminer.

En 2006, nous n'étions pas qualifiés pour les quarts de finale en coupe d'Europe, et nous avons été battus par Toulouse en demi-finale du championnat de France parce que stratégiquement, nous nous sommes trompés.

Nous avions tellement confiance en nous, en notre domination territoriale, et la conquête de nos avants, qu'il y a eu tout simplement un manque de réflexion.

Sur le moment, nous n'avons pas su comment analyser cette défaite.

Il y a des paramètres qui font que ce match devait être perdu parce que c'était écrit. C'était écrit pourquoi ? Parce que l'entraîneur ne le méritait pas ? Parce que les joueurs ne le méritaient pas ? Le club ne le méritait pas ? Sans doute car, malheureusement parfois, nous péchons par orgueil.

Je suis sorti de cette demi-finale, vaincu et déçu, avec un coquard assez impressionnant. J'ai évité de peu l'opération du plancher orbital et j'ai eu une béquille à la cuisse droite, mais au fond, ça allait, j'ai récupéré assez vite. Je préfère cent fois les bleus au corps que ceux de l'âme parce qu'ils font moins mal et que l'on peut les soigner.

18

Préparer l'après, avant

Malgré les heures que je consacre à mes entraînements, aux soins, et aux matches, je ménage des espaces dans mon emploi du temps pour commencer à rechercher des pistes pour ma reconversion. Même si je sais que quoi qu'il arrive, quand j'arrêterai le rugby, ce sera comme un saut en parachute, il faudra se trouver d'autres buts dans la vie. Je ne peux pas m'imaginer rester à me tourner les pouces.

Max Guazzini pense que je pourrais devenir entraîneur ; il répète souvent : « Domi peut s'affirmer comme un très grand entraîneur... à condition qu'il soit sérieux et qu'il passe ses diplômes ! » Je ne sais pas encore quoi en penser. L'évolution de Bernard Laporte en tant que joueur, puis entraîneur de club et entraîneur de l'équipe de France force bien sûr mon respect. Je le vois s'éclater avec ses statistiques, ses observations sur le terrain et à la vidéo. Sa réflexion est toujours très poussée, très fine, mais sur son poste à haute responsabilité, s'exerce de toutes parts une pression énorme qui doit être difficile à supporter. Et l'exemple de Fabien Galthié me conforte dans mon opinion : il faut avoir fait son deuil du joueur que l'on a été pour prétendre devenir un grand entraîneur.

J'ai besoin de « brasser » des idées, de faire de nouvelles rencontres. Et tel que je me connais, je sais que j'aurai besoin de temps en temps de faire monter un peu d'adrénaline dans mes veines. Peut-être que, alors, j'accepterai la proposition qui m'a été faite de participer aux championnats du monde de poker. Pour l'instant, j'ai refusé mais je sens bien que cela pourrait m'amuser. J'aime les cartes et les émotions fortes. Dans le travail, j'aime les transactions, les rapports humains constructifs, qu'ils soient agréables ou chargés de tensions et évidemment, j'en attends des résultats.

Pour les obtenir, il faudra necessairement passer par des échecs et des désillusions. C'est inévitable dans le monde des affaires, mais ayant déjà une grosse expérience derrière moi, je suis prêt à les assumer.

Mon moteur n'est pas l'argent. L'argent, pour moi, c'est une émotion. Ce n'est pas un but en soi. Je suis plus heureux de gagner 100 euros avec un bon copain, que 100 000 euros avec quelqu'un que je n'estime pas.

J'ai toujours souhaité entreprendre, investir, étudier des projets, en France comme à l'étranger. Je peux être en discussion avec un gars de Solliès-Pont comme avec un grand ponte d'unc multinationale, cela ne change rien, je me fie à mon instinct. Si je considère que mon interlocuteur est un con, je ne tiens pas dix minutes. Je ne travaillerai pas avec lui. Le respect, la politesse amorcent la discussion. La personne doit avoir le regard franc, une poignée de main sincère. Qu'il me regarde droit dans les yeux quand il me parle. Que ses intentions soient clairement formulées. S'il n'y a pas tout ça, cela me rend fou.

La réussite des gens m'intéresse quel que soit le domaine où ils exercent leur talent. Je suis toujours curieux d'apprendre comment ils s'y sont pris, et pour quelles raisons ils ont réussi là où tant d'autres ont échoué.

Après, je tiens compte de la qualité de l'échange. Il faut qu'il soit équitable. Souvent, je suscite l'intérêt des décideurs parce qu'ils auraient aimé être au moins une fois à ma place. Traverser tout un terrain et se laisser acclamer par toute une foule, c'est aussi rare que grisant. Et moi, en échange, j'ai envie d'aller vers ce qu'ils ont eux-mêmes bâti, leur réussite. Comprendre comment ils l'ont construite.

C'est difficile de s'associer avec des personnes de confiance. Pour cela, je me fie d'abord à mon instinct... qui parfois me trahit, je n'ai pas honte de le dire. J'ai eu par exemple un agent, dont je tairai le nom par respect pour sa famille, censé me trouver des tas de contrats, de « vendre » mon image et qui au bout du compte est parti en emportant une somme rondelette.

Dans des cas comme celui-là, c'est plus l'idée d'avoir été trahi par une personne que j'aimais bien que la perte d'une somme d'argent qui me contrarie.

L'argent, ça va, ça vient. C'est mieux quand ça va, mais la confiance, quand elle est perdue, c'est pour toujours. Il est rare que je donne une deuxième chance à ceux qui m'ont déçu. Je leur explique comment je m'appelle, et souvent, on en reste là !

Avec l'âge, j'ai gagné en sagesse, et même si je suis furieux, je me dis qu'il faut toujours voir un peu plus loin. Que parfois, un être malfaisant peut vous aiguiller sur une personne formidable avec laquelle vous aurez les meilleurs rapports du monde ! Cela m'est arrive plus d'une fois.

Même si le rugby est devenu professionnel, je ne gagne pas ni sur les terrains, ni en termes de contrats, les sommes amassées par des golfeurs, footballeurs, tennismen, basketteurs.

L'Équipe magazine publie un classement mondial par gains : il n'y a pas un seul joueur de rugby dans le top 50 ! Et pourtant, nous remplissons des stades. Le rugby est regardé et apprécié. Mais si nous ne sommes pas dans ce classement, si ces cinquante champions touchent plus d'argent que nous, c'est pour une bonne raison : ils génèrent plus d'argent que nous. Je ne suis pas envieux. Si j'avais voulu gagner plus d'argent, je n'avais qu'à continuer à jouer au football ! Et si c'était à refaire ? Je choisirais de nouveau le rugby ! En outre, une partie de ces chiffres sont plus ou moins inexacts. Il y a parmi toutes ces têtes d'affiche certains dont il est impossible de savoir ce qu'ils gagnent en contrats individuels. Ni eux ni leurs agents ne le dévoileront jamais à la presse. On navigue dans l'univers des « on dit que ».

En France, il est peu recommandé de parler d'argent. J'ai déjà fait l'objet d'un contrôle fiscal. D'entrée de jeu, j'ai eu l'impression d'être traité comme un coupable. Excédé par les questions du style : « Vous avez retiré 100 euros avec votre carte bleue tel jour, à quoi ont-ils servi ? », j'avais fini par répondre des conneries qui n'étaient pas du meilleur goût d'ailleurs et qui ont créé quelques tensions entre les fonctionnaires chargés de mon cas et moi...

Quoi qu'il en soit, je gagne sûrement plus qu'un judoka ou la plupart des boxeurs français. La moyenne du top 14 est de 7 000 euros par mois, certains ne dépassant pas les 2 500 euros mensuels. La loi de l'offre et de la demande détermine notre valeur en tant qu'athlète, pondérée par notre personnalité, notre appartenance à un club huppé ou à l'équipe nationale, et notre potentiel à représenter une marque. Je ne sais pas sur quoi exactement est fondée ma « valeur », mais j'ai la chance de me « vendre » plutôt pas mal. J'ai été touché de découvrir, dans un autre numéro de fin d'année (2006) de *L'Équipe magazine*, au classement des sportifs préférés des Français, que j'étais n° 18, tous sports confondus. Et encore mieux ! Dans le magazine *Rugby* du 6 avril 2006, j'ai été classé en première position dans le vote... des femmes ! J'en suis extrêmement flatté.

J'aime bien discuter moi-même de mes contrats. Je m'assois à une table, et c'est moi qui pose des questions. Je veux comprendre ce qu'on attend de moi. Je fais attention à tout. J'aurais pu signer des dizaines de contrats que je n'ai pas signés, parce qu'il faut se fixer une ligne de conduite, et la respecter, malgré le montant des offres. Il faut savoir semer pour récolter. Ne pas se précipiter sur le premier contrat venu. Savoir attendre. Se montrer intelligent. Si c'est la marque représentée par le joueur de rugby qui gagne beaucoup d'argent, et pas le joueur, cela ne sert à rien. Il faudra trouver des accords, où, comme dans les grands sports pro, tout le monde trouve son compte à la fin. Il faut privilégier la qualité, apprendre à avoir confiance en nous et dans les valeurs que nous représentons. Quand on vient nous voir pour une campagne d'affichage, ce n'est pas parce qu'on est gentils. C'est parce que l'annonceur espère gagner de l'argent grâce à notre collaboration. Il faut avoir le courage de dire : « Vous voulez gagner plus d'argent. Cela tombe bien, nous aussi ! » Nous allons trouver un bon terrain d'entente, et devenir partenaires.

Mais c'est plus facile à dire qu'à mettre en pratique. Le rugby est un sport encore un petit peu trop conservateur. C'est un milieu où l'on critique volontiers les joueurs médiatiques, ceux qui sont le plus exposés et le plus souvent mis en avant.

Il s'agit d'un travers un peu français. Et si le rugby a du mal à se faire sa place au niveau des sports les plus rentables, c'est en partie parce que l'on ne laisse pas assez les têtes d'affiche s'exprimer. Dans tous les sports, il faut des figures de proue, des « héros modernes » qui tirent tout le monde vers le haut. Il faudrait comprendre que si des joueurs très médiatisés gagnent beaucoup, ceux qui les suivent gagneront eux aussi beaucoup plus que ce qu'ils ne perçoivent actuellement. Quand le premier demande une somme importante, cela se sait et le deuxième peut demander plus à son tour, le troisième aussi, et ainsi de suite. S'il y a une solidarité, il y a forcément une synergie qui se met en place.

Quand j'arrêterai, je n'aurai pas le choix. Il faudra que je travaille pour assurer mon train de vie, et forcément je me tournerai d'abord vers ce que mes parents m'ont enseigné : le commerce. Je l'ai déjà beaucoup pratiqué, je continue.

Il y a de belles choses à faire, mais je ne me ferme aucune autre porte. Du *streetwear* aux montres de luxe, ce n'est pas l'imagination qui me manque actuellement. C'est le temps. Je ne dessine pas mes modèles, mais j'y réfléchis beaucoup, je donne des idées et ensuite j'en discute avec un ami designer. Je débute dans la création, notamment sur un très beau projet d'aménagement de bateaux de 35 à 38 mètres. Les bateaux m'ont toujours fait rêver. Comme sur le terrain, la première de mes motivations est de créer. Essayer d'amener quelque chose de différent, d'inventer de nouveaux concepts.

Depuis l'été 2004, je travaille en collaboration avec un ami, Philippe, en qui j'ai placé toute ma confiance. La plupart de nos affaires concernent l'immobilier, mais il me conseille aussi en matière de relations publiques et de communication. Il filtre toutes les demandes qui affluent de manière exponentielle au fur et à mesure que les médias s'intéressent à la Coupe du monde. Nous sommes conscients que j'ai depuis quelques années beaucoup de chance, mais si j'ai déjà commencé à poser des jalons dans le monde extrasportif, c'est parce que je me suis aperçu que, dans le sport, tout va très vite. Qu'en quatre-vingts minutes mal négociées, on peut tout perdre, une carrière peut basculer. Quatre-vingts mauvaises minutes, c'est suffisant pour faire oublier plus de cinquante sélections, dix ans de carrière, quatre titres de champion de France. C'est la vie des sportifs de haut niveau, c'est ce qu'il est convenu d'appeler « la dure loi du sport ».

Philippe est d'origine corse, comme moi. C'est un garçon avec qui je jouais au football à Solliès-Pont quand nous étions gamins. Âgé de trois ans de plus que lui, je jouais dans la catégorie supérieure, mais nous

nous sommes toujours appréciés. Il est le frère que je n'ai jamais eu, même si je ne lui ai jamais parlé de ma sœur, alors que mes parents le considèrent comme faisant partie de notre famille. On se prête tout ce qui nous appartient. Jeune, il était un peu tête brûlée, fougueux, comme moi. C'étaient des rigolades, la plage, les soirées, les filles, les bars. Jamais je n'aurais pensé que nous travaillerions un jour ensemble. Nous nous sommes perdus de vue quand il s'est lancé dans l'immobilier et moi dans ma carrière de rugby. Par la suite, j'ai su qu'il était parti vivre en Corse, chez ses grands-parents, près de Calvi. J'avais besoin de quelqu'un pour m'épauler dans mes recherches professionnelles, quelqu'un d'intelligent, qui partage les mêmes valeurs que moi, qui soit capable de m'alerter quand je deviens un petit peu parano, ou pas assez prudent ! Quelqu'un de très discret, qui écoute et qui voit ce que je ne peux ni entendre ni voir, quand on me déroule le tapis rouge. Il parle peu, on ne le voit guère, mais quand, après un entretien, on débriefe, nos deux points de vue sont intéressants à confronter. Il raisonne un peu comme moi, froidement, avec quelques poussées d'adrénaline quand l'affaire paraît bonne.

Reste un dernier domaine où le rugbyman peut trouver une possible reconversion : la télévision, en qualité de consultant. Les droits télé du rugby s'élèvent à 20 millions d'euros par an pour le top 14, comparés à 600 millions d'euros, pour le championnat de France de foot. L'écart est considérable et on comprend mieux pourquoi les joueurs de foot sont mieux payés que les joueurs de rugby ! Mais toutefois, nous sommes dans une spirale ascendante. Un exemple : l'ensemble des droits de la Coupe du monde de rugby 2007 et 2011 atteignent 80 millions d'euros. Les droits télé sont le nerf de la guerre, et la garantie d'un avenir pour chaque sport. Canal +, par l'ampleur des moyens mis en place, fait beaucoup pour l'image de notre sport. France Télévision préfère diffuser le Tournoi, pour assurer de bonnes audiences, mais le service public ne valorise pas assez le rugby dans son analyse, son approche, et les moyens mis en place pour le montrer. Au niveau technique, c'est une catastrophe, alors que les images de Canal +, c'est la classe ! On voit vraiment des actions exceptionnellement bien filmées. J'espère que TF1, qui a les droits de la Coupe du monde, saura à son tour mettre les moyens de promouvoir le rugby par la qualité des retransmissions.

Mais le rugby a un grand potentiel à développer, et à cet égard les résultats en Coupe du monde seront déterminants. S'il y a de très belles victoires, de beaux matches bien filmés, bien montés, de bons *highlights* en fin de journée, tout le monde sortira vainqueur.

19

Un avant-goût de Coupe du monde

Septembre 2006 ; deux matches contre les All Blacks et un contre l'Argentine. Une manière, à un an de la Coupe du monde qui débutera par un France-Argentine au Stade de France, le 7 septembre 2007, de passer les troupes en revue. Sévère désillusion. Dès le premier match, nous avons subi une rare déculottée : 47-3 ! La plus lourde défaite de l'histoire de l'équipe de France à domicile.

Je n'ai pas été bon, mais personne n'a été bon. Si bien qu'à l'heure des bilans, je n'ai pas caché mes sentiments, j'ai déclaré exactement : « J'ai honte de la performance que NOUS avons faite. » Je ne parlais pas uniquement de la mienne. Mais sur cette phrase sont venus se greffer des commentaires acerbes de journalistes, et celui de Bernard Laporte qui aurait déclaré : « Christophe n'a pas été bon. On l'a vu pousser sur une mêlée ouverte car il avait peur de Rokocoko. »

Je n'ai absolument pas peur, ni de Rokocoko, ni de Sivivatu, les deux ailiers des All Blacks. J'ai effectivement dit « J'ai honte », mais pas « honte d'avoir eu peur ! ». Honte d'avoir pris quarante points, honte d'être passé à côté du sujet et d'être sorti frustré du match, honte que l'on fasse tant d'efforts toute l'année, pour sortir une prestation aussi médiocre.

Après analyse vidéo, c'est vrai qu'on me voit à un moment donné, loin de mes bases, à une place où je n'aurais pas dû me trouver, pendant que nous montons mal en défense et prenons un essai de 60 mètres de la part des Néo-Zélandais.

Bernard Laporte, reprenant mes propos, a dit que je m'étais planqué ! Ce n'était que l'expression d'une franchise absolument indispensable quand on vise le haut niveau. Je me suis aperçu que si on délaisse un tant soit peu son objectif, à coup sûr on va dans le mur.

Si l'on reprend ce match, en ce qui me concerne, je sais ce que j'ai fait de bien et ce que j'ai mal fait. Ma performance n'a pas été si dramatique. Je suis déçu d'avoir manqué le premier plaquage sur l'ailier, mais c'est mon orgueil qui parle. Je veux faire partie des plus grands joueurs du monde, je loupe un plaquage, ensuite on prend quarante points ! Je ne peux plus prétendre avoir été bon ! Mais ce n'est qu'un plaquage raté comme n'importe qui peut en manquer partout sur la planète rugby.

Le lundi suivant cette déroute, j'ai appris que j'étais laissé à l'écart. Le staff ne m'avait pas retenu. Je m'en doutais. C'est pour cela que j'étais très en colère contre moi. En rugby, les sanctions tombent comme des couperets. Je suis un compétiteur, quand j'apprends que je ne vais pas jouer, cela m'ennuie vraiment. Heureusement, en vieillissant, j'ai appris à maîtriser mes réactions. J'ai finalement compris qu'il n'y avait pas que moi qui avais le droit d'être bon. Tout le monde peut être bon. Quand j'étais jeune et que l'on me prenait « ma » place, j'avais envie de manger le joueur tout cru. Aujourd'hui, je m'examine, et je vais chercher en moi-même les raisons de mon échec. Et, en l'occurrence, je n'ai pas tardé à trouver ! En dépit de toute la préparation physique que j'avais faite, j'avais oublié que ce qui fait avancer les hommes, c'est la tête.

Sans la tête, on n'existe pas.

Je me suis rendu compte que j'avais commis des erreurs, que je m'étais trop éparpillé. Si confiant en ma préparation physique, je n'étais pas allé chercher les ingrédients psychologiques nécessaires à un match de cette envergure. Après examen, il est plus facile d'affiner son autocritique : J'ai failli psychologiquement. Nous avons tous failli psychologiquement. Et la grande leçon à retenir, c'est que personne n'est, à ce jour, sûr de participer à la Coupe du monde.

Cela dit, quand j'apprends que je ne suis pas pris, je tente de m'impliquer autant que lorsque je joue. Je garde le même comportement. Je suis dans le vestiaire. Je parle si nécessaire. Peut-être un peu moins car le fait de ne pas entamer la rencontre rend les rapports plus délicats avec ceux qui vont entrer sur le terrain. Mais comme j'en ai l'habitude, je « rentre dedans ». Je n'aime pas trop les discours destinés à la presse qui asticotent leurs joueurs en exagérant les qualités des adversaires, afin de créer chez eux un sentiment de révolte : « Ils sont les plus beaux, ils sont les plus forts, on ne sait vraiment pas comment on va faire pour les battre, etc. » Moi, la rage de vaincre, je vais la chercher au fond de moi. Je prépare le groupe à faire face à des paramètres bien réels, en estimant que nous DEVONS gagner, même si les autres sont très forts, parce que si l'on donne tout, on SERA les plus forts. Je ne crois pas beaucoup aux « défaites qui valent des victoires ». J'en ai même horreur. Je ne pense pas non plus que l'on perde si l'on a tout donné. Si l'on a tout donné, on ne peut pas perdre. Si on perd, c'est que l'on n'a pas tout donné. Qu'à un moment, même très bref, on a failli. CQFD. Même quand je ne dois pas aller sur le terrain, je m'entraîne comme si j'allais jouer. Le plus difficile, c'est la préparation psychologique. Il y a moins de stress quand on est remplaçant que lorsqu'on est titulaire, mais étrangement, c'est plus dur d'être remplaçant que de commencer un match. D'ailleurs, le mot « remplaçant » ne figure pas dans mon vocabulaire. Je ne le prononce jamais. Je parle tout le temps des « vingt-deux ». On passe par des étapes différentes. On est tenté d'être spectateur, mais c'est une erreur, même sur le banc, on doit être joueur. On doit être acteur, tout en conservant un peu de recul afin de savoir quoi faire quand on sera appelé à remplacer un joueur blessé, ou fatigué. On est un peu comme au théâtre, en coulisses, mais s'il y a ne serait-ce qu'une seule tirade à dire, il ne faut pas la rater. Être un bon remplaçant demande beaucoup d'humilité et de concentration. Ce sont les bons remplaçants qui font les grandes équipes.

Le staff m'a retiré sa confiance pendant huit jours. La semaine suivante, il m'a sélectionné contre l'Argentine. Il savait que mon envie de prouver ma valeur serait décuplée. Quand il me pique au vif, il sait très bien ce qu'il fait. Il ne me dit pas un mot là-dessus, mais je le perçois ainsi. Et il sait que je le sais !

À la veille du match, je ressentais une sacrée pression. Je ne lis pas les journaux, mais ce qu'ils contiennent me revient toujours comme des ondes : « Tu as vu ce qu'il a dit sur toi, Laporte ? » « Non, je n'ai pas vu... » « Il dit que tu t'es caché contre les Blacks... Qu'il espère que tu vas être meilleur qu'à Gerland... » Le message est clair. Ça veut dire : « Pas le droit de passer encore à travers ! »

Je ne suis pas Zidane. Si je ne suis pas sélectionné, personne ne criera au scandale. La position est très inconfortable, mais en même temps, elle m'oblige à toujours me remettre en question et me demander après chaque journée d'entraînement : « Est-ce que j'en ai fait assez ? » Cela me permet d'avancer, et de me repositionner chaque semaine sur l'échiquier, de ne pas m'endormir sur mes lauriers.

Au terme de ces trois semaines de compétition axées déjà sur la Coupe du monde, j'ai constaté que les conflits extérieurs et la critique avaient engendré une révolte à l'intérieur du groupe, comme souvent. Nous avons éprouvé le besoin de nous souder. Lorsqu'on soude un groupe d'hommes les uns avec les autres, il devient très difficile, voire impossible de le casser.

C'est comme cela que je fonctionne et c'est ce que j'essaie d'insuffler aux jeunes. Quand siffle la critique, se lève le vent de la révolte. Je déteste que l'on me passe de la pommade. Peut-être, quand je serai plus âgé et que l'on dira : « Ce Dominici, qu'est-ce qu'il était bon, quand même ! », cela flattera mon *ego*. Je recevrai la reconnaissance que j'ai toujours recherchée. Cela me donnera sans doute l'audace d'entreprendre de grandes choses.

Mais en attendant, il y a une dernière étape à franchir, une échéance majeure qui s'annonce. Et le peu que l'on a vécu lors de ces trois semaines laisse augurer une épreuve dont on ne soupçonne pas la portée.

La pression risque d'être hallucinante ! On l'a à peine effleurée avant le match contre l'Argentine. N'empêche que tout le monde avait un trac d'enfer ! L'équipe de France ne sera championne du monde que si elle est composée d'hommes de caractère.

Je ne sais pas si le prochain combat contre la Nouvelle-Zélande se jouera d'égal à égal, mais on constate, en comparant nos tests physiques, qu'en 2004, quand les Blacks parcouraient 100 mètres, nous en parcourions 74 ! Cette année, quand ils parcourent 100 mètres, nous en parcourons 95... On se rapproche, le deuxième test l'a prouvé. Si l'on court presque aussi vite qu'eux, c'est que l'on n'est pas si loin de leur niveau.

Mais il nous manque encore 5 mètres ! Comment faire pour les combler ? Après leur passage en Europe, où personne n'a pu leur résister, ils sont en pleine confiance, ils sont sur le toit du monde, ils ont du talent partout. Mais à J-1, comment réagiront-ils à la pression ? Au fait de jouer en France ? Leur suprématie sera forcément mise à mal... Ils ne sont pas imbattables.

Aujourd'hui, ce qui m'inquiète le plus, c'est de sortir des poules où figurent l'Argentine et l'Irlande, passer les quarts de finale, les demi-finales... Ne commettons pas l'erreur de penser finale avant de penser premier match ! Nous n'étions pas encore dans une configuration de matches éliminatoires, et pourtant on a vu combien il fallait être costauds dans nos têtes pour faire face à l'adversité.

Organiser une Coupe du monde chez soi, c'est fabuleux, mais il ne faudrait pas que cet avantage se retourne contre nous, de peur de mal faire. Les gens ne comprendraient pas que la France n'atteigne pas au moins la finale ! C'est légitime, mais pas du tout évident si l'on tient compte de la valeur intrinsèque des équipes engagées, et des conditions climatiques. L'équipe de France devra assumer une grosse responsabilité, parce que de ses résultats dépendront des tas de choses qui ne seront pas sans rappeler ce qui s'était passé après la victoire des Bleus au Mondial de foot, en 1998. Or, face à l'Argentine, nous avons tous touché du doigt à l'automne 2006 que ce ne serait pas une partie de plaisir. Nous avons tous vu que ça allait être chaud pour tout le monde : les joueurs, l'encadrement, et les dirigeants, exactement comme en 1999. D'ici l'annonce de la sélection, nous serons jugés sur tout : en tant que joueur, en tant qu'homme, dans nos rapports avec les uns et les autres, nos réactions vis-à-vis de l'extérieur, etc.

Je sais que je suis jugé non seulement sur mon jeu, mais aussi sur mon éventuelle capacité à fédérer les hommes, à les tirer vers le haut, à entraîner le groupe dans une dynamique positive. Malgré mon expérience, je ne suis pas capitaine. Certains pensent que c'est parce que je manque de sérieux, que je ne suis pas toujours exemplaire. Mais je me sens souvent « capitaine de jeu ». Le fait de ne pas l'être de fait, ne me pose aucun problème. Je ne cours pas après. Je ne suis pas en recherche de cette reconnaissance-là. Les honneurs dus au rang de capitaine ne m'intéressent pas. Ce qui compte pour moi, c'est la possibilité d'influencer le jeu. Je n'ai pas la responsabilité d'un capitaine, mais si je suis dans le groupe et qu'il y a échec, je saurai le prendre à mon compte. C'est que je n'aurai pas su transmettre les valeurs fondamentales : Pourquoi on fait ce sport ? Comment affronter un milieu hostile ? Pourquoi il est primordial que personne ne se planque ? Le problème avec les mots forts, c'est qu'en cas de défaite, ils se vident de leur sens et dans ces cas-là, on se retrouve... comme un con ! Les paroles prononcées, c'est comme les actions de jeu, il faut les assumer, et s'attendre à un retour de bâton quand elles n'atteignent pas leur cible.

Les joueurs sélectionnés devront rester dans leur petite bulle. En 1999, nous étions taillés de tous les côtés, on savait qu'on nous prenait pour des tocards, mais cela nous avait transcendés. On se disait : « On passe pour des "pipes", "ils" veulent nous couper la tête, mais attendez ! On va leur montrer ! »

Dans le meilleur des mondes, j'espère que les Blacks seront... favoris ! Il faut absolument qu'une autre équipe que la nôtre soit mise en avant, parce que ce sera pour les joueurs français le meilleur moyen d'aller chercher au fond d'eux-mêmes les ingrédients de la performance. Le soutien du public sera déterminant, également. Il peut influencer de façon importante le résultat. Quand le public se déplace pour voir un test-match, il désire assister un spectacle. Mais lorsqu'il assiste à un match éliminatoire, il ne pense plus au beau jeu, à la manière, il pense qu'il FAUT que la France gagne par tous les moyens ! Et cette attente-là, quand je joue, je la ressens. Je viens à la rencontre du public avec cette angoisse de la performance, cette obligation de résultat.

Et aussitôt cela génère un stress. C'est naturel. Ce qui stresse l'être humain placé devant une échéance importante, c'est le fait de ne pas savoir s'il va gagner ou s'il va perdre. On ne sait pas. . Je peux être très bien préparé, sûr de moi, me redresser fièrement, inspirer confiance aux autres, il y a toujours tapie en moi cette question : « Qu'est-ce qu'on va faire ? », « Que va-t-il nous arriver si on ne le fait pas ? »

Si l'on n'y prend pas garde, si l'on ne se reconcentre pas sur l'instant présent, si l'on ne se nourrit pas de la force des autres, le doute s'incruste, les muscles se crispent, le regard est moins affûté. Alors que si je perçois le soutien du public, je me sens capable de me transcender.

Il faut que le public soit derrière les joueurs, qu'il leur donne de l'amour, parce qu'ils s'en nourriront, ils y puiseront leur énergie vitale.

Mon kinésiologue, Pierre Césano, me disait souvent : « Si tu es en terrain hostile, au lieu d'aller contre la force adverse, prends-la pour toi. Pendant le *haka* des All Blacks, regarde-les, respecte leurs croyances et renforce les tiennes. Pendant les hymnes, écoute les joueurs chanter. Cherche à comprendre le sens de leurs paroles, l'émotion dans leur voix. Sers-toi de leur énergie positive pour te sentir toi-même encore plus fort. »

En écoutant certains hymnes, comme l'hymne écossais, *Flowers of Scotland*, j'en ai la chair de poule. Mais ce sont des bonnes ondes. Rien qui m'inhibe, au contraire, c'est magique. L'on sent le respect, une identité, le passé puissant de leurs ancêtres qui remonte par leurs cœurs, passe dans leur gorge... Je suis sur la pelouse comme au cœur d'une cathédrale. Que c'est beau !

20

FINIR EN BEAUTÉ

Mon objectif formulé, la raison pour laquelle je me lève tous les matins, c'est de finir ma carrière en beauté !

Je le souhaite de tout mon cœur, et en même temps, je sais que cela ne changera rien fondamentalement. Ce que j'ai réalisé est déjà inespéré et personne ne pourra m'enlever ce que le rugby m'a apporté. J'ai vécu dix-sept ans sans rugby et autant avec. Franchement, je considère que j'ai eu une chance inouïe de m'exprimer. Reste qu'au-delà du résultat final, ce qui compte, c'est le challenge que je me suis fixé depuis quatre ans : donner le meilleur de moi-même, jusqu'au bout de mes possibilités. Un challenge que j'ai considéré dès le début comme une chance. Tout le monde n'a pas l'occasion de connaître ses propres limites, et, peut-être, au bout du rêve, un très grand bonheur à partager avec son pays.

Je sens que je peux continuer à tracer ma route, sans regarder derrière moi. Et les gens que j'ai perdus, je ne les cherche plus dans le souvenir, mais dans le ciel. Au lieu de les sentir lourds comme du plomb dans mes bras, ils me donnent des ailes. Je me sens tout à la fois relié à la terre parce que je suis un bon vivant et au ciel parce que certains des gens que j'aime sont là-haut.

Ma démarche est toujours la même. Il s'agit d'une recherche d'équilibre, un exercice de funambule entre le match et la vie « normale ». La performance ne s'obtient pas qu'avec le travail physique. Il faut essayer de tirer la quintessence d'une situation affective, où les émotions sont à fleur de peau. Le public ne s'imagine pas à quel point la performance d'un athlète est fragile. La différence entre le haut niveau et le niveau juste inférieur est très ténue. Tous les joueurs de première division aujourd'hui possèdent un très bon niveau. Ils sont tous costauds, rapides, courageux, techniques... Mais ce qui marque la différence, c'est la tête.

C'est la tête qui dirige vos yeux.

C'est la tête qui influe sur votre sens de l'anticipation.

C'est la tête qui fait que lorsque l'on voit quelqu'un en danger, on ne pense pas à ce qui se passe autour, ni aux conséquences, on pense à l'objectif à atteindre pour sauver cette personne avant que l'irréparable ne se produise. On ne réfléchit plus mais on fait les bons gestes, dans le bon timing, comme guidé et aspiré par l'objectif. L'amour, la passion sont aussi des émotions positives qui font que vous vous jetez tête baissée dans les bras de la personne aimée. Vous ne réfléchissez même plus. Vous dites : « Je veux aller là, quoi qu'il m'en coûte ! » Lorsque c'est l'objectif qui prime pardessus tout et quand vous êtes dans cet état – presque second – de volonté impérieuse et de concentration, vous vous rendez compte que tout se moule favorablement pour vous permettre de l'atteindre. Alors ça devient très simple, comme si la voie se dégageait, laissant les embûches sur le bord. À l'inverse, quand on a encore des idées parasites dans la tête, qu'on veut toucher une cible, mais sans en être vraiment sûr, ou si l'on ne sait pas pourquoi on le veut, eh bien, cela devient le parcours du combattant. Les adversaires se dressent, hostiles et malins, sur votre route. Vous allez de l'avant, mais vous vous retrouvez 10 mètres en arrière ! Toutes vos tentatives échouent d'un rien ou alors de façon totalement ridicule. Vous n'y êtes pas, vous ratez votre objectif.

Sur le terrain de rugby, je ne me parle pas, mais les indications arrivent toutefois très rapidement à mon cerveau. J'ai une vision panoramique du terrain, de l'action en cours.

On cherche à expliquer, décortiquer le geste de la performance dans tous les sports, mais pour le moment, malgré les progrès de la science, il y a le rationnel, et l'irrationnel que l'on n'expliquera que dans cent ou deux cents ans, auquel moi, en tant que sportif de haut niveau, j'ai la chance d'avoir accès en certaines occasions. Nous sommes un enchevêtrement d'émotions. Auxquelles il faut ajouter le résultat de notre éducation, de notre vécu, de notre ADN, et de notre passé familial et collectif. Nous avons tous été méchants et cons – ou garces pour les filles – une fois dans notre vie. Peu importe ! J'essaie aujourd'hui, à travers tout ce que je fais sur et en dehors du terrain, d'être un homme droit et sain, guidé par l'amour et l'instinct de survie, même si j'ai eu des ratés. Parfois, j'échoue : je ne parle pas bien à quelqu'un, je suis agressif, je contrarie mes parents, mes amis... Malgre mon désir de faire du bien à mes proches, je redeviens un ours, avec la griffe facile. Est-ce que, en fait, je n'ai pas besoin d'aller puiser ma hargne dans des attitudes negatives pour sortir toute cette rage de vaincre et tout ce courage qu'il faut pour combattre ? De même, ma mélancolie, mon mal-être qui me collent à la peau depuis la mort de ma sœur ne m'ont-ils pas servi de moteur ?

Plus l'objectif est élevé par rapport à vos capacités – en l'occurrence la Coupe du monde –, plus il faut veiller à réunir tout ce que l'on possède comme atouts, y compris les plus dérisoires, y compris le négatif. C'est là que Marion ou Dylan interviennent efficacement. Ils m'apportent clairvoyance et confiance. Ce qui s- important pour un sportif, c'est la confiance que ceux qui l'accompagnent dans sa vie placent en lui. Pas seulement la confiance en soi, car elle se révèle souvent trop fragile face à un adversaire supérieur.

Toute ma carrière, je me suis battu contre mon gabarit : « Pas assez costaud. » Je l'ai entendu des centaines de fois. Si les gens que j'aime ne m'avaient pas répété : « Je crois en toi » ou bien « On est sûrs que tu peux y arriver », je n'aurais sans doute pas tenu le coup. Je n'aurais jamais su ce qu'était le plaisir de se sublimer.

Il y a une époque où j'étais comme gorgé du malheur d'autrui, jusqu'à éprouver des angoisses nocturnes par transmission de pensées. Mais au fil des années, j'ai appris à me détacher de ces situations à trop forte densité émotionnelle.

Quand la perspective de mon divorce est devenue inéluctable, j'ai littéralement senti le sol se dérober et j'ai dû trouver de nouveaux ancrages pour ne pas sombrer. Aujourd'hui, je sais que ma base est solide. L'édifice que j'ai construit n'est pas toujours parfait, un peu de guingois, la corrosion, les outrages du temps ne m'ont pas été épargnés ! Il y a des signes qui ne trompent pas. Après le départ d'Ingrid, dans l'espoir de commencer une nouvelle vie, j'ai choisi une maison à Boulogne. Et celle-ci s'est soudainement affaissée sur un sol un peu trop sablonneux. Quand la mairie est intervenue avec un outillage impressionnant pour renforcer les fondations, j'ai été rassuré. J'ai su qu'il n'y aurait plus de glissement de terrain tant que je resterais dans cette maison qui me protège. Cette maison qui m'a donné enfin assez de force pour soulever des montagnes noires comme la couleur des deuils.

Remerciements

Merci à tous ceux qui n'apparaissent pas dans ce livre mais qui ont fait de moi un homme meilleur.

C. D

Table

AU CHERCHE MIDI

MANSOUR BAHRAMI
Le Court des miracles

JAMEL BALHI
Les Routes de la foi

ALAIN BILLOUIN et HENRI CHARPENTIER
Périls sur les Jeux olympiques
Trop vite, trop haut, trop fort ?

PEGGY BOUCHET
Ma victoire sur l'Atlantique
Sa victoire sur les tempêtes, les requins et la solitude.

ÉRIC ET BENJAMIN DEBLICKER
L'Impossible Deuil

FRANÇOISE et CLAUDE HERVÉ
Le Tour du monde à vélo

OLIVIER DE KERSAUSON
Tous les océans du monde
Une aventure exceptionnelle.

PATRICE MARTIN
Dessine-moi une victoire

YANNICK NOAH
Noah par Noah

ALEXANDRE POPOV
Nager dans le vrai

ALAIN ROBERT
L'Homme-Araignée

DOMINIQUE ROCHETEAU
On m'appelait l'ange vert...

Mis en pages par DV Arts Graphiques à Chartres
Imprimé en France par la Société Nouvelle Firmin-Didot
Dépôt légal : mai 2007
N° d'édition : 858 – N° d'impression : 84939
ISBN 978-2-7491-0858-2